딱 한 잔만 더 하고 갈까요

오다지마 다카시 지음 — 최정주 옮김

딱 한 잔만 더 하고 갈까요

매일,
오늘까지만
마시겠다고
다짐하는
당신들의 변명

해피북스
투유

20대 말부터 30대까지 나는 알코올중독자였다.

아침부터 진 Jin을 물에 타 홀짝홀짝 마시는 생활을 오래 지속한 결과, 물조차 넘기지 못하는 날이 주기적으로 찾아오는 상태에 이르고 말았다. 그래도 링거를 맞아가며 술을 계속 마셨다. 나는 절대 알코올중독이 아니라고 생각하면서, 의심조차 하지 않았다.

하지만 얼마 지나지 않아 다른 질환으로 병원을 찾았다가 의사에게 선고를 받고 말았다.

"40에 주정뱅이가 되고, 50에 인격이 붕괴되고, 60에 죽을 겁니다."

그로부터 약 20년이 지난 지금에서야, 내가 알코올중독이었던 사실과 알코올중독에서 벗어나는 과정이 어땠는지에 관해 이야기할 마음이 생겼다.

알코올중독은 낫지 않는다. 하지만 '금주 중인 알코올중독자'로서 잠정적인 금주를 하루 더 연장할 수는 있다.

이것이 한번 알코올중독에 빠졌던 사람들을 두고 하는 말이다.

그런 의미에서 지금도 나는 '금주 중인 알코올중독자'다. 이는 언덕길에 공이 멈춰 서 있는 상태와 비슷하다. 그래서 많은 환자가 다시 언덕길 아래로 굴러떨어진다. 거의 모두라고 해도 전혀 과하지 않다.

그럼에도 불구하고 나는 '왜' 공을 멈출 수 있었을까?

나로서도 이 주제에 관해 생각할 때는 두려울 뿐만 아니라 쉽게 마음이 내키지 않는다. 왠지 불쾌하기도 하고, 솔직히 술에 관해 현실과 마주하는 것을 20여 년 정도 피해만 왔기 때문이다.

오랜 고민 끝에 조금씩 이야기를 풀어가다 보니 내 안에서 다소 정리가 된 듯한 느낌이 들었다. 구체적으로 말하면 술을 마시던 당시의 나는 어떤 존재였는지에 대해 조금이나마 해답을 얻은 기분이다. 그리고 다시 주변을 둘러보면서 상당히 많은 사람이 '예비군'에 속해 있다는 사실도 깨달았다.

2013년 후생노동성 연구팀이 발표한 데이터에 따르면, 일본에는 ICD-10이라는 진단 기준을 바탕으로 '알코올중독 환자'라고 진단받은 사람이 남성 약 95만 명, 여성 약 14만 명에 이른다고 한다. 예비군으로 간주되는 사람의 수는 남녀 각각 257만 명과 37만 명에 달한다.

이 책은 가능하면 그런 사람들이 읽어주었으면 한다.

알코올중독은 멀리 있다고만 생각하는 경향이 있다. 마치 산에 걸린 구름과도 같아, 그 속에 있는 사람은 좀처럼 깨닫지 못한다. 일단 구름 밖으로 나오지 않으면 시야를 확보할 수 없기 때문이다.

내 고백이 구름 속에서 힘겨워하는 사람들에게 구원의
손길이 되었으면 하는 바람이다.

물론 내가 전지전능한 신은 아니지만 말이다.

오다지마 다카시

고백을 시작하며 ···

차례

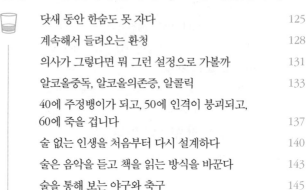
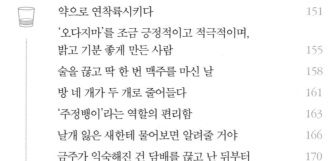

1일째

알코올중독에
이유는 없다

'마셨다'가 먼저다

왜 알코올중독에 빠지는 걸까? 나도 그런 질문을 참 많이 받았다. 다들 이유를 원한다. 설명을 듣고 싶어 하는 상황에서 알코올중독에 빠진 사람들은 '일 때문에 스트레스가'라든가 '이혼했을 당시 충격 때문에' 등 다양한 이유를 댄다.

하지만 내 경험에 비추어 봤을 때, 이런 종류의 이유는 그냥 나중에 갖다 붙인 변명일 뿐이다.

《실종일기》의 작가 아즈마 히데오吾妻ひでお는 알코올중독자 모임인 '익명의 알코올중독자들AA, alcoholics anonymous'과 '단주회' 양쪽 모두 참석해 여러 사람의 이야기를 들어보았지만, 결국 이렇다 할 이유는 없었다고 고백했다. 이유가 있어 마셨다며 나중에 억지로 갖다 붙일 뿐이지, 사실은 그 반대다.

● 일본의 만화가. 다양한 장르의 만화를 발표해 각 장르 마니아들로부터 절대적인 지지를 얻었으나, 슬럼프를 겪고 복귀와 실종을 반복했다. 그 후 가출과 자살 기도, 노숙, 알코올중독 치료 등의 경험을 처절하지만 코믹하게 그린 《실종일기》로 다시 일본 만화계의 주목을 받으며 오랜 침체를 딛고 재기에 성공했다.

일단 '마셨다'가 먼저다.

술을 마셔서 직장을 잃고, 매일 술만 마셔대니까 이혼을
하고, 술 때문에 빚이 불어난 것이다. 이게 맞는 흐름이다.

'그럼 왜 마셨는가' 하는 질문에도 사실 답은 없다.

보통 알코올중독에 관한 이야기가 드라마로 만들어지거
나 이야기로 쓰일 때, 무언가 납득할 만한 이유가 없으면
왠지 기분이 나쁘다. 게다가 끊으려야 끊을 수 없는 이유가
없다면 드라마는 성립되지 않는다. 그래서 술을 마시기 위
한 이유를 가져다 끼워 넣는 형태로 이야기가 만들어진다.

그러니까 그건 다 거짓말이다.

실제로 안 좋은 일이 생겼을 때 술을 마시면 전부 잊을
수 있을까. 절대 그렇지 않다. 이건 당연한 이야기다. 오히려
과음한 것이 술을 마시는 또 다른 이유가 되기도 한다. 혹
은 술을 안 마시면 정상적인 사고가 불가능하고 제정신인
상태에서는 왠지 초조해져 아무것도 손에 잡히지 않으니까

다시 술을 마신다.

중독자들이 알코올중독에 빠지기 전 술을 마신 이유는 보통 사람들이 술을 마시는 이유와 별반 다르지 않다. 왠지 모르게 습관적으로 마셨고, 일이 끝나서 한숨 돌리려고 마셨다. 그냥 그게 다다.

알코올중독에 이유는 없다 …

알코올중독자가
되는 사람과 되지 않는 사람

왜 알코올중독에 빠지는 사람이 있고 그렇지 않은 사람이 있는 걸까?

정설이라고는 할 수 없지만, 내 담당 의사의 말로는 아무래도 유전적인 알코올 분해 효소의 유무와 조합 같은 것들이 어떠한 형태로 관여해 있는 모양이다.

'익명의 알코올중독자들' 모임에서 여러 사람과 이야기를 나눌 수 있었는데, 그중에는 열아홉이나 스물둘, 스무 살밖에 안 된 알코올중독자도 몇 명이나 있었다. 그 나이에도 어엿한 알코올중독자가 될 수 있다는 말이다!

그들의 음주 경력은 3년 혹은 5년 정도다. 그 기간만으로도 알코올중독에 걸릴 수 있다. 즉, 효소의 알코올에 대한 감수성과 효소 배분 등이 애당초 약하다는 소리다. 결국 유전적인 요인이 꽤 크게 관여하고 있다는 주장과 연결된다.

알코올 분해 효소에는 몇 종류가 있는데, 요컨대 이 분해 효소가 없는 사람은 애당초 술을 마시지 못한다. 술을 마시면 갑자기 두통이 밀려온다. 또 술에 굉장히 강한 사람도 있고 약한 사람도 있지 않은가? 유전설이란, 많고 많은 사람 중 술을 마시면 중간에 멈출 수 없는 사람이 몇 퍼센트는 포함되어 있다는 것을 말한다.

물론 그렇게 단순한 이야기는 아니지만 효소를 놓고 보면 일단 그렇다. 그다음은 성격이려나? 극단적인 걸 좋아하는 성격 등 말이다.

알코올중독에 이유는 없다 …

여유와 돈이 없으면

20대 때에는 그다지 술을 많이 마시는 편이 아니었다.

보통 그 나이 때는 대부분 그렇겠지만, 나 역시도 덕담을 가장한 직장 선배들의 폭언과 잔소리 때문에 사내 회식 자리에는 거의 참석하지 않았다. 어쩔 수 없이 가야 했을 때도 술은 별로 마시지 않았다. 물론, 1년밖에 안 다녔지만.

회사를 그만두고 음악 밴드를 했을 때는 제법 마셨던 것 같다. 하지만 빈도는 그다지 높지 않았다. 이유는 돈이 별로 없었기 때문이다.

돈이 없어서 술을 못 마시는 사람도 상당히 많을 것이다. 시간적인 여유와 돈이 없으면 알코올중독에는 걸리기 힘들다.

30대가 되기 전에는 일이 굉장히 바쁘거나 돈이 없거나, 아니면 둘 다여서 술을 잘 마시지 못했다. 서른 정도 됐을 무렵부터 일이 조금씩 풀리기 시작했고, 컴퓨터 매뉴얼 등을 작성해 수입이 어느 정도 생겼다. 게다가 시간적인 여유도.

아마 결혼 전후였을 것이다. 아내도 일을 하니까 내가 혼자 벌 때보다 어쨌든 수입이 많아졌다. 하지만 돈이 있어도 원래 그렇게 사치를 부리는 인간이 아니어서 저축이 조금씩 늘기 시작했다. 명품을 사는 것도 차를 사는 것도 아니니 옷이나 술 정도밖에 살 게 없었다. 술은 어쨌든 계속 사들였던 것 같다. 출근하는 것도 아니니 글을 쓸 때 홀짝홀짝 술을 마시면서 일을 하던 때였는데, 불편을 느끼는 일은 거의 없었다.

그렇게 30대에는 계속 술을 마셨다.

직장에 다니는 사람이라면 눈치 안 보고 마음껏 술을 마셔댈 수는 없을 것이다. 때문에 매일 출근하는 알코올중독자라면 심각해질 단계가 아직 남아 있는 셈이다. 프리랜서는 아무도 말릴 사람이 없지만 말이다.

홀짝홀짝, 온종일

'홀짝홀짝'이라니 참 교묘한 표현이다. 사실은 '엄청'이 맞다.(웃음) 조금씩이 아니라 온종일 마신다는 의미로 홀짝홀짝. 양으로 따지면 어마어마하게 마시고 있는 셈이다.

아즈마 씨와의 대담에서도 이런 이야기를 한 적이 있는데, 알코올중독자들은 맨정신일 때도 대체로 멀쩡한 사람이 없다. 우울증에 빠져 있거나 아니면 초조해하거나, 요컨대 대단히 무기력한 상태다.

그래서 별로 맨정신으로 있고 싶어 할 때가 없는데, 가끔은 반성하면서 술을 끊어야겠다고 생각하거나 몸 상태가 너무 안 좋아 술을 마시지 못하는 날이 있다. 결국 3일 정도 술을 마시지 않을 때가 한 달에 몇 번 정도 찾아온다. "이번 주는 월요일부터 아직까지 술을 안 마셨잖아", 이렇게 말하면서 목요일을 맞이하는 타이밍이 있다. 이를 이유로 '나는 알코올중독자가 아니야'라고 생각한다. "알코올중독자는 매일 술을 마시는데 나는 이번 주에 이틀밖에 술을 안 마셨거든"이라고 말하면서.

이야기를 들어보면 1년 중 363일 술을 마신다는 사람도 있지 않은가? 의외로 이런 사람들이 꽤 된다. 자, 그럼 그들이 알코올중독자인가 하면 이 사람들은 항상 적당히 딱 좋을 때까지만 마신다. 1년에 다섯 번쯤 필름이 끊기는 정도로, 알코올중독으로 가는 입구에 한 발만 걸쳐놓은 상태다.

나도 그런 사람들이나 알코올중독자이지 나 같은 사람은 중독자가 아니라고 생각했다. 일주일에 하루나 이틀은 술을 마시지 않았으니까. 하지만 과음을 해서 토하거나 몸이 상하면서도 매일 마셔대니까, 가끔 술을 못 마시는 날도 찾아온다. 술을 마시지 못하는 날에는 물도 넘어가지 않는다. 물을 마셔도 금방 토한다. 그래서 병원에 링거를 맞으러 간다.

결국, 알코올중독 말기에는 물도 못 마시고 아무것도 삼키지 못하는 날이 한 달에 2~3일 정도는 반드시 찾아왔다.

홀짝홀짝 마셨다는 건 이런 의미다.

만취하면 갑자기 돌변한다

내 주치의인 다나카 선생은 《음주증: '알코올 중독'의 실태》라는 책을 쓴 사람이다.

책 속에서 선생은 알코올중독자의 음주 패턴을 분석하면서, 당시 유행하던 카타스트로프 이론을 인용했다. 카타스트로프 이론이란, 파국점에 도달할 때까지는 같은 패턴이 지속되다가, 파국점에 달하면 갑자기 돌변해서 제로로 돌아가는 운동을 관찰·분석하기 위한 이론을 말한다.

알코올중독자들을 보면 이 이론이 딱 들어맞는다.

그도 그럴 것이, 알코올중독자들은 술을 굉장히 좋아하지만 파국점에 달하면 의식을 잃고 아무것도 기억하지 못한다. 맛있게 마시지도 못할뿐더러 건강도 해친다. 그래서 지독한 기분으로 반나절을 보내다가 정신을 차리면 다시 술을 찾는다. 정신이 멀쩡할 때는 왠지 기분이 나쁘고 만취하면 속수무책이 된다. 그 사이에서 살짝 취해 있는 시간을 어떻게든 늘려보려고 조금씩 술의 농도를 묽게 하거나 뜸을 들여가며 조절해 마신다. 기분 좋게 취해 있는 시간을 조금씩 연장해가면서 만취하지 않는 걸 스스로의 과제로 삼는다.

카타스트로프 이론을 인용해 선생이 설명한 내용에 따르면, 아무리 노력해도 이 기분 좋게 취해 있는 시간이 점점 짧아진다는 것이 알코올중독자의 특징이라고 한다. 완전 멀쩡한 줄 알았더니 갑자기 만취해서 쓰러진다. 점차 취기가 오르고 기분이 좋아졌다가 얼굴이 빨개지고 말수가 많아지는 시간이 기껏해야 30분 정도밖에 유지되지 않는다. '이 사람 계속 말도 없이 얼굴색 하나 변하지 않고 잘도 마시는군' 하고 생각하다가 '어라, 조금 취했나' 싶어 쳐다보니 이미 정신을 잃은 상태인 것이다.

내가 딱 그랬다.

연속적으로
음주발작이 일어났을 때

———

계속 술을 마시다 보면 어쨌든 토하지 않는 방법을 학습하기 위해 노력한다. 하지만 결국엔 쓰러지거나 한 발자국도 걷지 못하는 지경에 달한다. 조금 전까지 그렇게 말짱하게 이야기했는데 갑자기 전혀 알 수 없는 말을 지껄이기도 한다. 손바닥 뒤집듯이 스위치가 들어오는 것이다.

알코올중독 진단을 받지 않은 사람 중에도 조금씩 취해가는 사람이 있는가 하면, 달칵 스위치가 켜진 것처럼 돌변해버리는 사람이 있다. 나는 거의 후자에 가까운 사람이었다. 마시는 동안 계속 술이 모자란 기분이 들어 '아직이야', '조금 더 마실 수 있어'라고 생각하면서 술을 더 마시다 보면 어느 순간 갑자기 콸콸 흘러 넘쳐버린다.

알코올중독자들이 다들 매일같이 술을 뒤집어쓸 것처럼 마시고 만취해 쓰러지느냐 하면, 반드시 그렇지는 않다. 평범하게 마시다가 "나 그냥 조용히 잘게" 하고 잠들었다가, 일어나면 다시 조금씩 마신다. 말을 걸면 "으응, 알았어. 알았다니까"라면서 다시 잠든다. 이런 식으로 3일 정도 지낸다. 그 사이에 원고를 두 편이나 완성해놓기도 한다. 그러한 상태가 지속되는 동안에는 무해하고 얌전한, 왠지 모르게 무기력한 술꾼일 뿐이다.

하지만 그건 사실 일시적인 모습이다. 알코올중독자의 경우 연속음주발작이 일어나는 타이밍이 점점 짧아진다. 두 달에 한 번이나 석 달에 한 번 정도였던 것이 일주일에 한 번 정도의 주기로 찾아온다.

연속음주발작이란, 아침부터 토할 때까지 계속 술을 마시다가 그야말로 링거를 안 맞으면 일어나지 못하는 상태가 될 때까지 마셔버리는, 알코올중독자에게 정기적으로 찾아오는 상태를 가리키는 용어다.

이는 뇌의 문제이기도 하지만 간의 허용치와 관련된 문제이기도 하다. 똑같이 마셔도 간의 분해 능력이 술 마시는 속도를 따라가지 못하면, 어느 순간 갑자기 간이 알코올을 분해하기 시작하는데, 이 타이밍에 급격한 취기가 몰려오는 것이다.

평범한 사람도 매일 술을 마시면 원래 주량보다 더 많이 마실 수 있게 된다고 한다. 평소 물에 탄 위스키 다섯 잔이 주량이던 사람이 매일 두 잔씩 열흘간 마시면 허용량, 한계량에는 달하지 않아도 간의 처리 능력이 이를 따라가지 못한다. 그러면 간이 알코올을 분해해 취기가 도는 원래 활동이 없어지니까 반 정도밖에 취하지 않는다. 원래 다섯 잔밖에 못 마시던 사람이 열 잔을 마셔도 쓰러지지 않는 이유가 여기에 있다.

하지만 그럴 경우 취기가 다음 날 아침까지 남아 있다. 때문에 술을 많이 마신 다음 날 숙취가 생겨 하룻밤 자고 일어났는데도 천장이 빙글빙글 도는 느낌이 든다. 일어나서 무언가를 먹으면 점점 더 취기가 몰려온다. 간이 처리할 수 있는 한계를 넘어서까지 계속 술을 마시면 결국 그렇게 되어버린다.

연속음주발작은 이렇듯 간과의 조화가 잘 이루어지지 않아 나도 모르는 사이 술을 중단할 수 없는 리듬에 빠지는 상태다. 신중하고 또 신중하게 관리하다가 결국 지쳐서 '나도 몰라, 이제 다 귀찮아' 하는 느낌으로 바뀌는 것이다.

이 연속음주발작이 일어났을 때 화장실이 아닌 곳에서 용변을 보거나 계단에서 굴러떨어지거나 혹은 정신을 차리고 보니 공원에서 자고 있다거나 하는 등 여러 종류의 이탈 행위를 저지른다.

알코올중독자에게는 당연히 이러한 이탈 행위가 나타난다.

중독자들의 관점에서 말하면 항상 이런 이탈 행위로만 관찰되는 측면이 있어서, 우리는 뭐랄까 세상에서 보면 이탈했을 때만 드러나는 존재다. 기본적으로는 민꽃식물(꽃이 피지 않고 포자로 번식하는 식물-옮긴이)처럼 조용히 살아가는 데도 말이다.

다자이 오사무가 상처를 잘 받았던 건 마음이 순수해서다?

———

세상과의 접점이 이탈 속에서만 존재하는 알코올중독자를 주인공으로 내세우면 극적으로 보이기는 한다. 그래서 드라마는 이탈을 중심으로 그려나간다. 심지어 일본인은 술 마시는 행위를 미화하려는 경향이 있어서 알코올중독자의 타락과 죽음을 아름답게 묘사하기도 한다. 그 결과 다자이 오사무太宰治° 같은 사람을 예로 들면서 알코올중독자들은 마음이 너무 깨끗해 상처를 잘 받았다는 말도 안 되는 이야기로 결론을 맺는다. 그럴 리 없는데도 말이다.

다자이 오사무가 상처를 잘 받았던 건 마음이 더러워서다.(웃음) 인간이 비뚤어져 있었으니까. 그러니까 그냥 '꼴좋다!'라고 말해주면 그만이다.

뭐랄까, 가끔 이런 식으로 희생자를 아름답게 묘사할 때가 있다. 간혹 TV에서 아카츠카 후지오赤塚不二夫°°가 평생

• 1909~1948. 일본 쇼와 시대의 소설가. 『인간실격』, 『달려라 메로스』 등 다수의 작품을 남겼다.

즐겁게 술을 마시고 호쾌하게 질주하듯 산 행복한 사람이었다고 표현하는데, 나는 그렇지 않다고 생각한다. 아마 주변 사람은 굉장히 힘들었을 테고, 본인도 TV에 나올 때는 한껏 고조된 채 들뜬 얼굴로 "이야, 수고 많구먼! 뭐야, 괜찮은 거야?"라고 말하고 다녔지만 집에 돌아가서는 침울해했을 것이다. 어쨌든 본인이 자각한 바로서는 즐겁고 기쁘고 행복하진 않았을 것이다.

아카츠카 후지오가 죽었을 때 그를 회고하면서 작품의 제작 기간 같은 것들을 조사해본 적이 있다. 그가 세상에서 높은 평가를 받았고 내가 재미있게 본 작품은 모두 30대까지의 작품이었다. 아니, 30대 말도 아니고 30대 초 정도까지다. 서른다섯 이후로는 제대로 된 일을 하지 않았다. 그때부터는 옛날의 명성으로 살아왔다고 해도 과언이 아니며,

●● 1935~2008. 일본의 만화가. 강렬한 개성을 가진 캐릭터가 등장하는 개그 만화로 폭넓은 인기를 얻었다. 《천재 바카본》, 《오소마츠군》 등의 작품을 남겼다.

알코올중독에 이유는 없다 ···

장수한 편이지만 대부분 드러나지 않게 조용히 살았다.

가장 활발하게 일했던 건 20대 때다. 그 기간에 어마어마하게, 정말 깜짝 놀랄 만큼 일을 했는데 사실 당시는 그렇게 심한 술꾼이 아니었다. 그러니까 취한 여세를 몰아 좋은 작품을 많이 만들어낸 것이 아니라 좋은 작품을 일찍, 그리고 왕성하게 만들어낸 뒤 돈이 생겨 생활이 엉망이 되고 술꾼이 되었다고 보는 것이 순서로서는 더 사실에 가까울 것이다.

아즈마 히데오 선생도 했던 이야기인데, 만화는 역시 선이 거칠어지면 그릴 수 없는 모양이다. 대담 때 아즈마 선생이 입원 중에 그렸던 그림을 보여주었는데, 아마추어의 눈으로 봐도 역시 지독히 엉망이었다. 직선이어야 할 선이 똑바르지 않으니까 이건 도저히 세상에 공개할 수 없는 작품이라는 생각이 들었다.

마감 압박과는 관계없다

마감과 관련해 칼럼니스트라는 내 직업은 어느 정도 커버가 된다. 그도 그럴 것이 아무리 지독한 술꾼일지라도 정신이 말짱할 때는 있기 마련이고, 원고는 그럴 때 쓰면 되기 때문이다.

나도 술 취한 느낌이 원고에 직접 나타난 적은 한 번도 없었다. 다만 일을 해내는 양이 압도적으로 줄었고, 하기로 한 일을 기억하지 못해 '으음?' 하면서 놓치고 만 적이 꽤 자주 있었다. 하지만 마감에서 도망치려고 술을 마신 적은 한 번도 없었다.

대개 사람들은 마감 압박 때문에 술을 마셨을 거라고 생각한다. 하지만 그건 정말 관계없다. 애당초 나는 마감 압박을 잘 느끼지 않는 성격이니까.(웃음) 마감 압박 운운하는 건 마감을 신경 쓰는 사람들이 사는 세상에서나 일어나는 이야기다. 나는 편집자가 울어도 전화를 끊고 나서 놀러 나가는 사람이었다.

세상 사람들이 그렇게 꾸며내 재미있어 하고 싶어 할 뿐 실제로는 전혀 그렇지 않다. 알코올중독에 빠지는 사람은 소심하고 신경을 많이 쓰며 굉장히 섬세하다, 반대로 호탕하다 하는 식으로 극단적인 성격으로 묘사하기 쉬운데, 사실 별로 그런 쪽으로 공통점은 없다. 나도 그다지 신경과민은 아니고 말이다.

술로 현실 도피는 불가능하다

술과 관련해 현실 도피 운운하는 이야기들을 흔히 하는데, 술로 도망칠 수는 없다. 술은 실제로 마셔보면 알겠지만 현실 도피에는 그다지 도움이 되지 않는다.

현실 도피보다 술이 도움이 될 때가 있다고 한다면 그건 바로 변명할 때다. 그러니까 현실로부터는 절대로 도피할 수 없지만, 예를 들어 여성을 유혹할 때 취했다는 전제를 이용하면서 용기를 끌어내는 일 정도는 가능하다.

사실은 취했다는 설정이 아니면 서로 할 수 없는 말이 있지 않은가. 술자리에서 거래처 직원과 미팅을 하면서 "이건 정말 어쩔 수 없이 하는 이야기인데요, 솔직히 말해서 원가는 이거밖에 안 돼요" 같은 이야기를 할 때 말이다.

술 없이 말한다면 그냥 지나칠 수 없는 이야기다. 원가를 밝힌다면 협상이 되지 않으니까. 그럴 때 술을 핑계 삼아 자신들은 그 뒤에 숨어 협상이나 관계를 원만하게 풀어간다. 이건 현실 도피와는 조금 의미가 다르다. 예를 들어, 심히 우울할 때 술을 마시면 모든 걸 잊고 유쾌해질 수 있을까. 전혀 그렇지 않다. 기분 나쁠 때 술을 마시면 더 기분이 나빠질 뿐이다.(웃음)

마감을 잊고 싶어 술을 마신다 해도 잊을 수 있을 리가 없다. '잊고 싶으니까'라는 설정 자체가 거짓말이다. 말도 안 되는 거짓말.

나는 알코올중독이
아니야

대체 누구와 마셨는가

일로 알게 된 사람과는 별로 술을 같이 마시지 않았다. 술 고래 편집자 몇 명과 술자리에서 알게 된 사람, 그리고 당시 밴드를 같이 했던 대주가 친구 정도? 하지만 밴드 멤버는 나와 술 마시는 것을 조금 경계하는 듯했다.(웃음) '저 녀석이랑 마시면 좋은 일이 없다니까.' 이렇게 생각하는 것처럼 보였다. 역시 서른이 지나고부터는 조금 경계하는 느낌이었다. 비교적 옛날부터 알고 지낸 지인이나 평소 교류가 많던 사람과 마시면 자주 설교를 들었다. "너 오늘은 여기까지만 마셔" 같은 말을 많이 했다. 이런 소리를 듣는 게 귀찮으니까 그들과는 잘 마시지 않게 되었다. 그래서 나중에는 비슷한 처지의 술꾼들과만 마셨다.

갈림길에 들어선 것이다.

어디서 알게 됐는지는 기억나지 않지만 술자리에 가면 자주 마주치는 사람이 있어서 "안녕하세요?" 하고 인사한 뒤 "여기저기 자주 보이시네요, 요즘엔 어떠세요?" 같은 말

을 늘어놓으면서 술을 마신다. 하지만 사실은 상대의 직업
도 모른다.(웃음) 잘 몰라도 그럭저럭 이야기가 통한다. 시답
잖은 소리를 하면서 마실 뿐이지만.

기본적으로는 술과 관련해서 서로 설교 같은 건 하지 않
는다. 그 사람도 분명 친구들한테는 설교당하는 부류일 테
니까. 이런 사람들과 몇 번인가 가마타蒲田와 오모리大森에
갔던 기억이 있다. 원정을 떠나는 것이다. 항상 같은 술집에
있는 것이 지겨우니까.

"가끔 가는 술집이 있어요."

"정말이요?"

"네, 가마타에 좋은 가게가 있죠."

그래서 가마타에 가면 또 그 사람의 지인이 있다. 굉장히
즐거웠던 기억이 나는데, 뭐가 재미있었는지는 잘 모르겠
다.(웃음)

술집에서 아는 사람이라 해봤자 서로 술을 마실 때만 교

류하는 사람들이니까 만나면 상당히 유쾌하다. 굉장히 좋은 사람인 것 같은 느낌이 든다. 하지만 가공의 절친 같은 존재다. 술을 마시지 않을 때 만난 적이 없으니까.

아마 맨정신일 때 만난다면 어색할 것이다. 실제로 술집에서 알게 된 한 사람과 밖에서 만난 적이 있는데, 상당히 별로였다. 별로인 정도가 아니라, 무지막지하게 거북했다.

얼마 전 오랜만에 취재 때문에 미조노쿠치溝口에 있는 유명한 술집(이름은 잘 기억나지 않는다)에 간 적이 있다. 《마시면, 도시》라는 책을 쓴 마이클 몰라스키Michael Molasky의 단골집으로, 서서 꼬치구이를 먹는 집이다. 우롱차를 마시면서 술 취한 사람들과 이런저런 이야기를 나누었던 일이 생각났다.

역시 모두 유쾌하다.

술집 친구지만 서로의 사생활에는 간섭하지 않는다. 아주 얄팍한 느낌의 교류라는 것도 있지 않은가. 그건 의외로 꽤

기분이 좋다. "훌쩍 혼자 마시러 와도 술친구가 있는 술집이
가장 좋다"고 말하는 이유도 이해가 간다.

《요시다 루이의 술집 방랑기》를 보면 요시다 루이가 가게에 홀연히 나타나, 바로 주위의 단골들과 옛날부터 알던 사이인 것처럼 자연스럽게 이야기를 나누는 장면이 자주 등장한다. 몰라스키도 "이것이 바로 일본 술집의 매력이다!"라고 《마시면, 도시》에서 밝힌 바 있다. 기본적으로 미국에는 이런 술집이 없다. 혼자 술을 마시러 가서 술집에 있는 사람과 갑자기 친밀하게 이야기를 나누는 커뮤니티 자체가 존재할 수 없다고 한다.

역시 바에 가면 반드시 단골은 있기 마련이고, 그런 곳에 혼자서 문득 찾아가면 '이 자식은 누구지!' 같은 분위기가 형성된다. 영화 《런던의 늑대 인간》에서 혼자 술을 마시러 들어간 손님이 단골들에게 백안시당하는 장면이 나오지 않는가? 일본 술집의 좋은 점은 홀연히 나타난 한 명의 손님을 그냥 내버려두는 것도 아니고 간섭하는 것도 아닌, 절묘한 거리감으로 맞아준다는 점이다.

나에게도 그런 교류는 있었다. 그러니까 친구라고 하면 친구인데, 사실 친구는 아니다.(웃음) 전혀 친구는 아니지만 결국 와 있는 사람들 모두 외로운 처지니까 그곳에서 술을 마시는 시간만큼은 친구처럼, 한정된 가공의 커뮤니티 속에서 함께 시간을 보낸다.

내가 다니던 술집도 보면, 그곳에서만 만나는 친구가 가게마다 몇 명씩 있었다. 나는 제대로 이름을 밝혔지만 켄 짱이라든가 ○○ 짱 같은 식으로 가명으로 부르는 사람도 있었다. 그리고 '선생님'이라고 불리는 정체를 알 수 없는 사람이 꼭 있다.

선생님은 술집마다 한 명씩은 꼭 존재한다.

미조노쿠치에도 선생님이라고 불리는 사람이 있었다. "무슨 선생님이에요?"라고 물으니, "저 사람은 무슨 선생인지 몰라요"라는 답이 돌아왔다. 그래도 선생은 선생이다.

일본의 술집 문화 속에는 그런 애매함과 개인의 엉터리

내력을 허용하는 풍토가 있고, 이것이 술꾼들에게 자신이 있을 곳은 여기라고 착각하게 만드는 편안함을 제공한다. 그러니까 술친구를 잃을 정도로 마음이 약해진 술꾼은 아마 직장이나 가정에서도 살아남지 못할 것이다. 여하튼 술을 마시는 장소가 마지막 안식처였을 테니 말이다.

나는 알코올중독이 아니야 …

술자리에 들르지 않으면
집에 못 돌아가는 사람들

———

나는 그런 타입은 아니었지만, 회사에서 일할 때 어디 한 군데 술자리에 들르지 않으면 집에 못 돌아가는 사람들이 있었다. 회사에서 돈은 벌지만 마음 붙일 데가 없고, 집에 가봐야 아내와 사이도 좋지 않다. 그런 아저씨들이 스낵바나 이자카야 같은 술집에 가서 마담한테 질리도록 푸념을 늘어놓으면서 신세 한탄을 했다.

그들은 어디라도 좋으니 속 안에 든 것을 토해내지 않으면 인간으로 돌아갈 수 없는 사람들이다.

오래 알고 지낸 지인이 한참 전에, 당시 유행하던 노래하는 술집에서 피아노를 쳤다. 가라오케가 아직 전성기를 맞이하기 전으로, 업라이트 피아노 한 대가 놓여 있고 피아노 반주에 맞춰 노래를 부르는 가게였다. 가끔 내가 놀러 가서 보면 그곳에 있던 손님은 전형적으로 모두 그런 사람이었다. 끝도 없이 자기 이야기를 늘어놓는 부류의 사람들.

그곳 마담이 나보다 열 살 정도 위였을까. 대략 30~40대

정도 되는 예쁘장하게 생긴 사람이었다. 그녀는 항상 술 취해 주저리주저리 떠들어대는 사람들의 이야기를 제대로 듣지도 않으면서 "맞아, 맞아"라고 맞장구를 쳤다.(웃음) 이런 곳에서 일하는 마담은 보통 그렇다. 상당히 귀 기울여 듣는 것 같지만 사실은 단 한마디도 남기지 않고 모두 흘려버린다.

자꾸만 끈덕지게 자신의 신세를 한탄하는 손님도 있었다. 혼자 술을 마시는 사람 중에는 그런 손님이 꼭 있다.

그런 사람을 보면 역시 술꾼들은 이상한 것 같다. 술은 그들의 배출구가 된다. 이건 알코올중독과는 또 다른 문맥상의 이야기이지만.

알코올중독에 빠지는 사람은 그들 중에서도 특히 엘리트니까 말이다.(웃음)

아즈마 히데오 씨도 엘리트라고 말했다. "구리하마 의사에게 걸렸다면, 엘리트임이 틀림없지!"라나 뭐라나. 대학 세계에서 '도쿄대는 대단하다'라고 말하는 것과 마찬가지로,

'구리하마라니! 대단하군'처럼 받아들이는 것이다. 술 마시는 법은 참으로 다양하지만, 알코올중독자들은 위도 아니고 아래도 아닌 항상 별개의 자리에 존재한다.

　그리고 술 마시는 사람들은 왠지 모두 의식한다. '나, 괜찮은 건가?'를 비롯해서 '알코올중독자는 어떤 사람들일까?'와 같은 호기심과 공포를.

나는 알코올중독자가 아니야

나도 돌이켜 보면 서른이 막 됐을 때는 '조금 과음한 것 같은데'라고 생각하기도 했다. 실제로 과음을 했으니까 당연한 이야기지만, 어느 순간부터 '나는 많이 안 마셨어, 나는 완전 말짱해!'라고 생각하게 되었다. 왜 그렇게 생각하는지 알 수 없을 정도로 그냥 그렇게 믿어버렸다.

그건 아마 알코올이 뇌의 어떤 회로를 컨트롤하기 때문이 아닐까.

머릿속으로 들어가 우울해지는 스위치를 누르면서 '죽을 만큼 우울해지면 넌 술을 마시게 될 거야'라고 세뇌하는 것이다. 뇌를 지배한다는 건 어쩌면 의외로 간단한 일일지도 모른다.

이건 전혀 다른 이야기이긴 한데, 메뚜기 몸속으로 들어가 배 속 전체가 그 벌레로 가득 찬다는 기분 나쁜 기생충이 있지 않은가? 뭐였더라, '연가시'였던가? 그 기생충은 결국 배 속을 잠식할 뿐 아니라 마지막에는 뇌에 들어가 뇌를 지배해서 메뚜기가 물가를 달리도록 만든다. 배 속이 연가시로 가득해진 메뚜기는 스스로 물에 뛰어들어 죽는다. 메뚜기가 들판 근처에서 죽어버리면 연가시도 같이 말라 죽게되니까 숙주인 주체를 물가로 이동시키는 것이다. 그리고 연가시는 물속에서 전부 밖으로 나와 다음 숙주에게로 옮겨간다. 믿을 수 없을 정도의 컨트롤 능력을 갖춘 셈이다.

알코올에도 조금 비슷한 구석이 있다. 알코올이 어느 정도 들어가면 '나는 알코올중독이 아니야'라는 생각에 지배된다. 객관적인 증거가 산적해 있는데도 자신은 알코올중독이 아니라고 굳게 믿어버린다. 술을 많이 마시면 그런 독자적인 컨트롤 회로가 발동하는 것이 아닌가 싶다. 어쩌면 음모론처럼 들릴지도 모르겠지만.

부인하는 병

알코올중독을 일컬어 부인하는 병이라고 흔히들 말한다.

주변에서 이 사람은 분명 알코올중독일 것이라 생각되는 사람에게 "○○ 씨, 좀 위험해 보여요"라고 말하면 그들은 특히나 더 "나는 진짜 괜찮아!"라며 취하지 않았다고 강하게 주장한다. 그냥 조금 많이 마셨나 싶은 사람이면 오히려 "내가 생각해도 조금 취한 것 같아"라고 대답한다. 알코올중독에 한 발만 걸쳐 있는 사람들 쪽이 오히려 위기감을 가지고 있는 셈이다.

이러다가 두 발 다 들여놓으면 "정말 괜찮아"라며 왜인지 부인하는 쪽으로 기운다. 그래서 결국에는 누군가 집까지 데려다주는 경우가 많지 않은가.

나도 병원에 가게 된 계기는 환각과 환청 때문이었다. 그때 사실 회사를 같이 꾸려나가던 친구 녀석이 요즘 말로 조현병이라고 하던가, 그 병에 걸려서 회사의 뒤처리를 하느라 한창 분주했던 시기였다. 그래서 '나도 결국 걸렸구나'라고 생각했다. 나는 내 머리가 이상해진 줄 알았다.

하지만 갑자기 정신과에 가는 것은 내키지 않아 심료내과(정신과와 내과가 결합된 진료과목-옮긴이)에 가서 진찰을 받았더니 의사가 "당신은 완벽한 알코올중독이군요"라고 말했다. "아, 그런가요?"라고 대답했지만 '이 의사는 아무것도 모르는군'이라고 생각했다.(웃음)

객관적인 증거가 산적해 있는데도, 예를 들어 나는 매일 마시지는 않잖아, 얼마 전에도 일주일이나 술을 안 마셨어 같은 '증거'를 대며 나만은 다르다고 생각했다.

원래부터 그렇게 술이 세지도 않아 술을 두 병이나 따는 타입은 아니었다. 하루 만에 한 병을 마신 적도 없다. 대체로 나는 반병 정도 마시면 한계가 왔다. 병의 4분의 3을 마신 적은 가끔 있었지만.

세상에는 한 병을 다 비우는 사람도 많지 않은가?

아즈마 씨와 한 대화에서도 나왔지만, 알코올중독은 꼭

양으로만 따지는 것은 아니다.

　나처럼 그다지 술이 세지 않은 사람은 따지고 보면 일본
술 3홉(1홉은 180ml 정도-옮긴이) 정도로 많은 양을 마시지
는 않는다. 그래서 본인들은 '양은 얼마 안 되니까 알코올
중독이 아니야'라고 생각한다. 양과 빈도를 비롯한 다양한
측면에서 알코올중독이 아니라는 '증거'를 찾아 헤매는 것
이다.

비만의 요요현상과 비슷하다

알코올중독은 비만의 요요현상과 비슷하다.

나도 작년인가 재작년에 10킬로그램 정도 살이 빠졌다. 하지만 오히려 별로 좋지는 않았다.(웃음) '아 뭐야, 마음만 먹으면 언제든지 뺄 수 있잖아'라고 생각하고 만 것이다. 그러면 조금 살이 찌더라도 별로 괴롭지 않다. 나 같은 경우 석 달 동안 10킬로그램을 감량하기로 마음먹었는데, 거의 두 달 만에 목표로 삼았던 체중이 빠졌다.

실제로 그 석 달 동안은 거의 먹지 않았다. 먹지 않으면 살이 빠지는 게 당연하다. 다만 음식을 먹지 않고 살아가는 삶은 석 달밖에 유지되지 않는다. 10킬로그램의 선을 넘어선 순간, '해냈다!'라고 생각해 다시 원래대로 돌아가고 만다. 지금도 말은 이렇게 하면서 마음 한구석에서는 10킬로그램 정도야 언제든지 뺄 수 있다고 생각한다. 역시 한 번은 해낸 경험이 있으니까.

예전에 단행본 원고를 써야 하는데 전혀 쓰질 않았더니,

쇼가구칸문고 편집장이 결국 화를 내며 크게 야단친 적이 있었다. 성인이 다 큰 어른을 야단까지 칠 일인가 싶었지만, 야단을 맞은 이상 큰맘 먹고 일주일 만에, 아니 닷새 만에 250매를 완성해냈다.

그리고 나중에는 그것이 내 안에서 표준으로 자리 잡았다. 나는 하루에 50매는 쓸 수 있는 사람이다, 라고. 요컨대 일주일에 책 한 권은 쓸 수 있는 사람이라며, 당시 위급한 상황에서 본의 아니게 나온 초월적인 힘을 표준치로 설정하는 우를 범했다. 참고로 이전에도 이후에도 그런 힘을 또 발휘한 적은 없다.(웃음) 골프에서 가끔 굉장한 공을 치는 것과 비슷한 경우인지도 모른다.

사고방식의 병

알코올중독은 사고방식의 병이다.

마시느냐 마시지 않느냐도 중요하지만, 술을 대하는 사고방식 자체가 '나는 이전에 절주 또는 금주를 해낸 적이 있으니까 언제든 마음만 먹으면 가능해'라는 식으로 굳어지는 것이다. 술뿐만 아니라 다양한 상황에서 그런 생각이 고개를 내민다. 그래서 나한테 5일만 시간을 준다면 250매는 거뜬히 해낼 수 있어, 라는 믿음을 양산한다.(웃음) 절대 가능할 리 없는데도 말이다.

이 사실을 내가 알게 된 것은 "오다지마 씨, 당신은 분명 알코올중독이니까 꼭 병원에 가보세요"라고 오랫동안 끈질기게 말해준 편집자 H가 있었기 때문이다. 그 사람이 오랜 세월 질리도록 설득했기 때문에, 의사에게 알코올중독 선고를 받았을 때도 '아아, H가 말했던 그거로구나'라고 결국에는 의심 없이 받아들일 수 있었다.

알코올중독에 대한 예비지식을 전혀 갖추지 못한 상태에

서 갑자기 진단을 받았다면 '거짓말, 이 바보 같은 의사가!' 라며 아마 치료를 받으러 가지 않았을 것이다. 그 편집자는 아내에게도 "남편분은 주의가 필요해요"라고 말하면서 가족으로서의 대응 방식에 관해 조언해주었다.

그 사람이 왜 그렇게 자세히 알고 있었느냐 하면 부친이 알코올중독자였기 때문이다. 규슈 쪽 경찰관이었던 모양인데, 술 문제로 몇 번인가 실수해서 결국 해고를 당했다고 한다. 그 편집자는 이런저런 사정으로 아버지와 결별하고 도쿄로 올라온 사람이었다. 그리고 그 아버지라는 사람은 결국 알코올성 뇌 위축으로 치매에 걸려 사망했다는 이야기도 들려주었다.

'이기 팝'Iggy Pop, James Newell Osterberg Jr.이라는 가수가 있다. 그리고 이기 팝의 노래 중 〈러스트 포 라이프〉라는 곡이 있다. 러스트Lust는 욕망이라는 의미로, 인생을 향한 욕망을 뜻한다. 노래 안에서 '나는 이 틀려먹은 세상에서 탈출해 반드시 새로운 운명을 개척하고야 말겠어'라는 가사가 끊임없이 반복된다. 〈러스트 포 라이프〉 속에 나오는 '나는 반드시 할 수 있어', '나는 해낼 거야'라는 후렴구는 매우 적극적이고 긍정적으로 들리지만, H의 말에 의하면 "그거, 우리 아버지 머리가 이상해지고부터 계속했던 소리"라고 한다.

실제로 알코올 때문에 머리가 이상해져 더는 돌이킬 수 없게 돼버린 사람들 중에는 '나는 반드시 성공할 거야', '모두 내 실력을 모르고 있어'라며 과대망상에 빠진 사람이 매우 많다. 알코올중독자 중에서도 정도가 지나친 사람은 이런 식으로 자기평가를 왜곡한다.

'익명의 알코올중독자들' 모임에서 만난 사람 중에도 '이 사람 지금은 술을 끊었을지 모르지만 이 상태로 정말 괜찮은 걸까'라고 생각되는 사람이 있다. 만나서 이야기를 나눠보면 자기 자랑만 늘어놓는 것이다. 금주 중인 알코올중독자조차 비교적 자신을 과대 포장한 느낌의 화제를 많이 꺼

낸다. 그건 아직 머리가 제정신으로 돌아오지 않았기 때문이다. 그렇게 5년 정도 술을 계속 마시지 않는다면 제대로된 인간이 될지도 모른다. 하지만 다시 술을 마시는 사람이 80~90퍼센트나 된다고 한다. 결국 그런 사고방식으로 이 세상을 살아가다 보면 술을 마시지 않고는 배길 수가 없는 것이다.

그런 의미에서 나 자신도 단순히 술을 마시는 병이 아니라 사고방식이 잘못된, 꽤 위험했던 상황에서 벗어났다고 생각한다. 안 그랬으면 내가 쓴 글에서 그 성향이 바로 나타났을지도 모르니까.

아즈마 씨도 상태가 가장 심각했을 때 동료 만화가가 자기를 험담하는 이상한 망상을 품고 있었다고 한다. 그래서 "저 녀석은 만화가로서 이미 끝났어"라고 망상 속에서 말한 상대에게 전화해 "웃기지 마"라고 말했단다. 정말 정신 나간 짓이다.(웃음)

이상하게 궁색하고 쩨쩨해진다

그럼 망상을 품지 않았을 때의 알코올중독자가 정상인가 하면, 역시 그렇지도 않다. 평소 사고방식이 어딘가 조금씩 어그러져 있다. 엄청나게 궁색하거나 이상하게 비뚤어져 있다.

나도 술을 가장 많이 마셨을 무렵, 돈은 궁했지만 먹을 게 없을 정도로 상황이 어렵지는 않았다. 그런데도 지금 생각해보면 확실히 궁색했다. 같은 상표의 휴지여도 다른 가게에 가면 15엔쯤 비쌀 때도 있지 않은가? 그런 것 하나하나에 굉장히 화를 냈다. '무슨 생각으로 이렇게 비싸게 받는 거야?!'라면서. 가게별로 가격을 책정하는 방식이 다를 테니 내가 화를 낼 이유가 없다. 그런데도 왠지 모르게 몹시 화가 났다. 이렇듯 돈 때문에 약간의 트러블이나 오해가 생기면 자그마한 것에도 일단 의심부터 하고 봤다. 이 상태로 계속 술을 마시면 큰일 날지도 모른다는 위기감이 그런 형태로 나타난 것인지도 모른다.

나는 원래 어렸을 때부터 궁색하거나 쩨쩨한 인간이 아니었고, 지금도 그렇지 않다고 생각한다. 하지만 그 당시에는 그런 자잘한 것들도 용서할 수가 없었다.

그리고 참, 산토리라는 회사가 이상할 정도로 싫었다. 딱히 술이 맛있고 맛없고의 문제가 아니라, 술을 파는 회사 주제에 문화적 기업이라는 냄새를 풍기고 다니지 않는가? 메세나° 활동도 하고, 어쩐지 딜레탕트°°한 느낌이랄까. 딜레탕트한 일본인은 다른 곳에도 많이 있지만, 술을 파는 놈들이 문화인인 척한다는 사실이 우스웠다. 그 점을 용서할 수 없었다.

지금도 별로 좋아하지는 않지만 당시 산토리에 대한 증오는 조금 도를 넘어섰다. 산토리의 매출에 도움이 될 만한

● 기업이 문화예술에 적극 지원함으로써 사회 공헌과 국가 경쟁력에 이바지하는 활동을 총칭하는 용어.
●● 예술이나 학문 따위를 직업으로 하는 것이 아니고 취미 삼아 하는 사람을 이르는 말.

술은 절대 마시지 않았다. 하지만 누가 주면 마셨다.(웃음) 누가 사주면 마셨지만 직접 사는 일은 없었고, 제어할 수 있는 범위 내에서 산토리는 입에도 대지 않았다. 《소문의 진상》이라는 잡지에는 산토리를 비방하는 원고를 쓴 적도 있었다.

90년대 초반쯤 '디어쓰'라는 맥주가 있었는데, 혹시 기억하는가? 그 알루미늄 캔으로 나온 디어쓰 말이다. 정식 명칭은 '산토리 이즈 씽킹 어바웃 디 어쓰Suntory is thinking about the earth'지만 대부분 이를 줄여서 디어쓰라고 불렀다. 상품명을 번역하면 '산토리는 지구를 생각합니다'라는 의미다. CF에는 80살 정도의 나이의 론섬 조지Lonesome George라는 이름을 가진, 당시 멸종을 앞두고 딱 한 마리 남아 있던 갈라파고스땅거북의 영상을 사용했다. 그게 또 화가 나는 포인트였다. 내가 정말 좋아하는 갈라파고스땅거북을 이용했다는 것에 먼저 화가 났고, 알루미늄 캔에다 술을 팔면서 친

환경 어쩌고 하는 건 아니지 않나 싶었다. 뭐, 애초부터 친환경이라는 태도 그 자체가 정말 싫었지만.

술을 파는 인간이 지구를 소재로 설교를 늘어놓다니. 당신들이 지구 환경을 깨끗하게 만든다는 건 알코올중독으로 사람을 죽게 만드는 걸 의미하는 건가? 이런 이야기를 쓴 기억이 난다.

어쨌든 알코올중독 전성기 때는 무턱대고 화를 냈다. 고집과 아집이 세지는 것이다.

술을 마시는 사람 중 대체로 멀쩡하긴 한데 어느 한 포인트에서만큼은 고집이 엄청나게 세지는 사람이 있지 않은가? 이 사람은 어쨌든 야구 이야기만 나오면 고집불통이 되어 전혀 말이 통하지 않는, 그런 사람 말이다. 어디든 한 명은 있을 거라 생각한다.(웃음) 그것도 분명 알코올의 작용 때문이다. 어떤 포인트에서 사고방식의 유연함이 제로가 되는 것이다.

의존 '물질'이 있는 것이 아니라,
의존 '체질'이 있다

———

알코올과 관련한 문제들을 의사들은 어떻게 설명할지 모르겠지만, 결국은 뇌의 문제다. 이른바 금단현상이라는 것도 어떤 물질이 없을 때 뇌가 이상 반응을 나타내는 것이니까. 구체적으로 손을 떨거나 환각을 보는 등의 증상이 나타나는데, 이는 기본적으로는 뇌의 병이다.

결벽증이나 강박신경증이 있는 사람은 손이 더럽다고 생각하면 하루에 100번도 넘게 손을 씻는다. 그것도 요컨대 뇌의 이상 반응이다. 무언가 충격적인 일이 있었을 때 손을 씻었더니 마음이 차분해진 경험이 있다고 하자. 그러면 손을 씻는 행위를 끊지 못하고 그 행위에 의존하게 된다.

무언가에 대한 의존은 모두 비슷한 구조로 이루어져 있다. 하루에 100번 손을 씻는 사람과 술을 끊지 못하는 사람은 정신 구조와 표현 방식이 상당히 다르고 장르도 다르지만, 기본적으로는 뇌가 강박적인 루프에 빠져 있다는 점에서 같은 부류라고 볼 수 있다. 하루에 100번 손을 씻는 사람들도 그 점을 제외하면 멀쩡한 사람일 테지만, 그런 강박에 빠지는 사람은 왠지 뇌가 문제를 일으켜 신경증에도 빠지기 쉬울 것 같은 느낌도 든다.

의존 전반에 관해 아오야마 마사아키라는 사람이 재미있는 이야기를 했다. 《위험한 약》이라는 제목의, 그 세계에서는 고전적 명서라 불리는 책을 쓴 사람이다.

작가인 아오야마 마사아키 씨와는 두 번 정도 만난 적이 있는데, 그는 일본인으로서는 드물게 마리화나, 코카인, 헤로인까지 각종 마약을 전부 직접 해본 뒤 리포트를 작성했다. 당연히 당국에서 관리했던 인간이다.

그런 그가 항상 주장했던 것이 '의존 물질이 있는 것이 아니라 의존 체질이 있다'라는 가설이다.

의존 체질인 사람은 초콜릿에도 의존하고 낫토에도 의존한다. 하지만 물질과 어떻게 교류하면 될지 제대로 알고 약물에 올바르게 대처하거나 조절하는 프로그램을 스스로 지니고 있다면, 의존까지 가지 않고 이로운 방향으로 복용할 수 있다고 주장했다. 하지만 아오야마 씨는 그 책을 쓰고 나서 몇 년 지나지 않아 자살하고 만다. 결국 그가 의존 약물과 올바르고 즐겁게 교류했는지는 영원한 수수께끼다.

어찌 되었든, 그가 생전에 했던 주장은 의존증 환자의 귀에 매력적으로 들린다. 의존이나 중독도 언제든 되돌릴 수 있는 단기 여행 같은 거라고 말하니까. 뭐, 그러다가 다들 헤로인 등의 약물에서 빠져나오지 못하는 것일 테지만 말이다.

알코올은 코카인이나 헤로인과 종류는 다르지만, 세상에서 가장 흔하고 심각한 마약이라고 생각한다.

　예로부터 술을 사랑한 작가는 상당히 많다.

　윌리엄 포크너는 대주가로 유명했고 트루먼 카포트의 알코올중독도 심각한 수준이었다. 일본에서도 다자이 오사무, 나가이 가후는 말할 것도 없으며, 가즈오를 비롯해 가이코 다케시, 나카지마 라모 등 두주불사의 각오를 펜에 위탁한 문장가는 그야말로 너무 많아 일일이 셀 수조차 없다.

　심지어 술꾼으로 거론된 이름들을 다시 들여다보면 하나같이 뛰어난 명문가뿐이지 않은가.

　그러면 결국 이런 생각을 해볼 수 있다. 술을 마시는 것은 문장을 쓰는 데 도움이 되는가? 그렇지 않더라도 음주에 동반되는 경험과 술을 통해 알게 된 사람과의 교제가 행간에 향긋한 여정을 남길 수는 있을 거란 생각도 든다. 과연 어떨까? 실제로 술을 마시고 거나하게 취하면 뇌 안에 있는 작문 중추에 스파크가 튀게 될까?

　먼저 결론부터 말하겠다.

술은 문장을 쓰기 위한 연료가 될 수 없다. 그렇다기보다 아무런 도움도 되지 않는다. 휘발유가 드라이버에게 영양소로 작용하지 않는 것과 같은 이치다.

작가 중 술꾼이 많은 이유는 술이 문장을 닦아주기 때문이 아니다. 단순히 글로 먹고사는 생활이 유발하는 스트레스와 집에서 일을 하는 것에 대한 울분이 가까이 있는 술로 향하는 것뿐이다.

"하지만 예로부터 '이백은 술 한 말에 시가 백 편李白一斗詩百篇' 이라는 말도 있잖아요?"

맞다. 맞는 말이다. 이백이 대주가였던 것도, 그가 시를 많이 지은 것도 분명한 사실이다. 그렇지만 두 사실 사이에 강력한 인과관계가 있다고는 볼 수 없다.

예를 들어, 다카하시 가즈미는 심한 치질로 고생한 남자였던 것과 동시에 뛰어난 소설가였다. 그렇다고 해서 심한 치질에 걸리면 걸작이 탄생하는 것은 아니다. 당연한 이야기다.

중요한 것은 환상을 품으면 안 된다는 점이다.

문장에 판타지를 심어주는 것은 작가의 이성이지 환상이 아니다. 작가가 명석함을 가지고 있어야 비로소 작품 속의 몽환을 컨트롤할 수 있는 것이지, 시인이 비틀거리며 명확하지 않은 단어를 나열한다고 해서 판타지가 생겨나지는 않는다.

술을 마신 인간은 어쨌든 환상을 품는다. 특히 술에 대해 환상을 갖는다.

술이 있으면 무엇이든 할 수 있다는 환상을.

하긴 인간이 술의 힘을 빌려 평소에는 도저히 불가능하던 일을 해내는 경우가 아예 없지는 않다. 지금 이 시간에도 불가능한 일을 해내려는 주정뱅이들이 전 세계 카운터에 똬리를 틀고 있을 것이다.

하지만 생각해보자. 술에 취해 소시지와 자신의 혀를 구

column. 술과 문장 ❶ ···

별조차 못 하는 남자가 어떻게 훌륭한 문장을 써낼 수 있단 말인가? 실제로 나는 제어 불능인 술꾼이었던 시절 소시지와 내 혀를 착각해 가마타 술집 테이블을 피범벅으로 만든 적이 있다.

"자, 자살인가요?"

아니다. 차라리 죽는 편이 나았을지도 모르는 상황이었지만, 죽으려고 한 것은 아니다.

어쨌든 구급차가 출동했어도 이상하지 않을 만한 소동이었다. 나는 내 피를 꿀꺽꿀꺽 마셔가며 위기를 모면하고 택시를 불렀다. 훌륭한 대처였다. 암, 그렇고말고. 그야말로 쾌거였다!

하지만 그 쾌거 자체는 애초에 혀를 깨물지 않았더라면 달성할 필요조차 없는 일이었다. 즉, 나는 쓸데없는 일을 하고 만 것이다.

이렇게까지 도움이 되는 실화를 섞어가며 알려주는데도

술꾼들은 꿈꾸기를 멈추지 않는다. 예를 들어, 술의 힘을 빌리면 평소 자신에게는 없던 발상을 얻을 수 있을 것이라고, 술에 연연하는 인간들은 항상 어물쩍 그런 생각을 한다.

확실히 말하지만 술이 아이디어를 가져다주는 일은 결단코 없다. 절대로.

다만 적당량의 술이 들어가야만 생각이 정리되는 사람이 있는데, 그런 인간을 다른 사람이 옆에서 관찰하면 '저 사람 술 마시자마자 갑자기 원고를 척척 써내기 시작하네'라며 이상하게 감탄하는 것이다.

그래서 그런 목격담이 주선酒仙* 전설 같은 로맨틱한 오해를 불러일으키는 경우도 확실히 있다.

나도 알코올중독자였던 당시, 술에서 깨어 한 줄도 쓸 수 없던 원고를 진 석 잔의 힘을 빌려 마치 꿈을 꾸듯 써냈

● 세속에 구애받지 않고 술을 낙으로 삼는 사람. 또는 애주가에 술버릇이 좋은 사람을 가리키는 미칭.

던 경험이 없는 것은 아니다. 아니, 그런 경험은 정말 많다. 'With a Little Help from My Friends.'* 확실히 그 당시 술은 나에게 있어 집필의 중요한 조건이었다.

하지만 간과하면 안 될 사실은 알코올중독자였던 오다지마에게 술이 집필의 조건이 된 이유가 알코올의 효용보다는 단순히 병의 증상 때문이었다는 점이다. 즉, 오다지마는 '술이 없는 상태에서 원고를 쓸 수 없는 병'에 걸렸을 뿐이다.

그렇다면 술을 집필의 스위치로 삼는 작가가 되기 위해서는 그전에 먼저 진정한 알코올중독자가 되어야 한다는 말인데, 이 거래는 상당히 불리하다. 그 이유는 알코올중독자가 된다는 말은 하루에 세 시간 정도밖에 원고를 쓸 시간을 확보하지 못하는 작가로 전락한다는 소리이며, 게다가 그들은 맨정신일 때 기분이 울적하거나 초조해져 원고를

● 영국 록 밴드 비틀스의 노래 제목. 여기서 '내 친구들(My Friends)'은 환각제란 소문이 파다했다.

쓸 여력이 없고 만취하면 만취하는 대로 머리가 너무 나빠져서 문장을 쓸 수 없기 때문이다. 결국 알코올중독자가 다소나마 제대로 된 문장을 만들어내는 건 맨정신과 만취 상태라는 피스톤 운동 사이에서 기적적으로 생기는 '기분 좋게 취기가 오른' 시간뿐이다. 이 얼마나 가여운 존재란 말인가!

알코올중독에 빠지기 전 나는, 홍차나 된장국을 마시면서도 원고를 쓸 수 있었다.

그리고 금주한 지 18년 지나고 나서야 겨우 물을 마시면서 원고를 쓸 정도로 몸 상태를 회복했다. 이쪽이 더 좋다는 건 말할 필요도 없다.

그런데 만취 자체는 일단 제쳐놓더라도, 술이 가져오는 만남과 경험이 인생을 풍요롭게 하고 나아가 문장에 여운을 남긴다고 생각하는 사람은 역시 끊이지 않는다.

나도 그들의 생각을 전면적으로 부정할 생각은 없다. 확실히 인생의 전반기에는 술 덕에 알게 된 것들도 적지 않았으니까.

술 때문에 얄팍한 충동에 사로잡혀 가까이 있는 여성을 유혹해본 경험은 누구에게나 한 번은 있을 것이다. 그 부주의한 속삭임이 초래한 어리석은 행동과 피해는 결과적으로 자신이 쓰는 문장에 씁쓸한 여운을 남길 뿐이다. 결국 그러한 경우, 문장에 깊이를 더하는 것은 술 자체가 아니라 '실패'다.

실의나 실패는 때때로 문장에 씁쓸함을 더해준다.

그렇다고는 하나, 실패 자체에 대해서도 곰곰이 생각해봐야 한다.

'실패는 성공의 어머니'라고도 하지만 대체로 실패는 다른 실패의 연인이며, 또 다른 실패의 어머니이기도 하기 때문이다.

그리고 돈과 사람이
떠나갔다

다마이병원의 단골손님

술어 절어 사는 생활을 반복하다 보면 결국에는 2주에 한 번꼴로 아무것도 먹지 못하는 날이 반드시 찾아온다.

물도 넘어가지 않는다.

물을 마시면 토한다. 무엇을 마셔도 반드시 토하고 마는데, 목은 마르다. 그래서 어쩔 수 없이 링거를 맞으러 병원에 다녔다. 그랬다. 한 달에 한 번 혹은 2주에 한 번씩. 1993년부터 1995년 정도까지는 계속 그런 상태였다.

당시 살았던 집에서 지하철로 두 정거장 거리에 있던 '다마이玉井병원'이라는 곳에 다녔다. 그곳은 신주쿠 바로 옆이라는 지리적 특성도 있어, 싸운 뒤 피투성이가 된 녀석들이 찾는 병원이었다. 한 거물 정치가가 금품 관련 스캔들로 힐난을 받았을 때 "입원 중입니다"라고 말하며 매스컴의 추궁을 회피하기 위해 입원한 병원이기도 했다.

결혼한 게 1989년이었나, 1988년이었나. 그때 이미 나는 넓은 의미에서 중독 혹은 의존증 단계에 들어와 있었던 것 같다. 뭐, 어쨌든 술을 참 많이도 마셨다.

결혼식 4일 전쯤 당시 아르바이트를 하던 방송국에서 만나 밴드를 함께했던 친구와 술을 마시러 갔다. 집으로 돌아오는 길이었으나, 차에서 내렸을 때 길에서 구르는 바람에 돌바닥에 후두부를 부딪쳐 머리가 찢어졌다. 나는 전혀 기억이 안 나지만, 당시 피를 많이 흘렸고 그때도 다마이병원에 갔다.(웃음) 그래서 결혼식 날에는 후두부 오른쪽에 상처가 있어 가르마도 반대로 탔다. 전날까지 계속 붕대를 감고 있어서 장난치는 것 아니냐는 이야기가 나올 정도였다.

그리고 결혼한 지 얼마 지나지 않아 친구들이 대거 집으로 몰려온 적이 있다. 술에 취해서 "내가 샐러드 만들어줄게"라고 말을 꺼낸 것까지는 좋았는데, 채칼로 오이를 쓱쓱 밀다가 손가락을 싹 베이고 말았다. 그것도 꽤나 깊게……. 지혈이 전혀 되지 않아 수건을 짜면 피가 나올 정도였다. 그때도 다마이병원 신세를 졌다.

링거를 맞고 또 마시다

술꾼들은 다치기도 잘 다친다. 자주 넘어지고 상처도 많이 난다.

그즈음부터 외과에 자주 다녔다. 그래서 3년 뒤에는 단골처럼 링거를 맞으러 다니는 병원이 생겼다. 스스로 '이건 좀 위험한데'라고 느꼈지만 알코올중독이라고는 전혀 생각하지 못했다. 그저 술을 많이 마셔서 몸이 조금 안 좋아졌다고 생각할 뿐이었다.

어느 날 문득 발목이 꽤 두꺼워졌다는 사실을 발견했다. 손으로 눌러 보니 부종 때문에 손가락 한 마디가 쑥 들어갔다. 원래 피하지방이 가장 없는 곳인데도 손가락으로 눌러 패인 자국이 원래대로 돌아오지 않았다. 당시 몸무게도 47킬로그램 정도였으니까 피하지방 따위가 있을 리 없었다. 그런데도 정강이뼈조차 제대로 만져지지 않았다. 게다가 대체로 항상 어딘가가 아팠다. 원인을 알 수 없는 오묘한 멍 자국이 여기저기 나 있기도 했다.

위험한 일이라는 사실은 알고 있었다. 하지만 이에 대해 깊이 생각하지 않는 것이 알코올중독 증세 중 하나다.

알코올중독을 상징적으로 묘사할 때, 핏발이 선 눈으로 "술이다!"라고 외치며 떨리는 손으로 술을 벌컥벌컥 들이켜는 장면이 나오고는 한다. 하지만 사실은 그렇지 않다. 그건 술독에 빠져 산다는 것을 알기 쉽게 표현한 장면일 뿐이다. 전형적인 알코올중독자를 격리병동에 일주일간 가둬두고 술에서 멀어지게 한 다음, "자, 이제 마셔도 됩니다"라고 한다면 그렇게 될지도 모르지만.

일반적인 알코올중독자는 술을 항상 곁에 둔다. 그리고 금단 현상으로 손이 떨리기 훨씬 전 단계에서 이미 술을 마셔버리니까 위와 같은 상태는 되지 않는다.

연속음주발작을 일으키면 일어나서 물을 마셔도 토하고 술조차 마시지 못하게 된다. 그럴 때도 술은 조금 당기지만 물리적으로 술이 들어가지 않는다. 링거 외에는 방법이 없는 것이다. 아즈마 히데오 씨도 "아무것도 못 마시는 것, 그게 가장 괴롭다"라고 말했다. 그렇게 괴로운데, 링거를 맞고 겨우 회복하자마자 바로 술을 마신다. 링거를 맞고 나면 거짓말처럼 탈수 증상이 개선되어 더는 토하지 않는다. 물을 마실 수 있게 되고, 공복이 길어 배가 고프니 음식도 먹는다. 그리고 몸이 겨우 안정됐을 즈음에는 이미 술을 마시고 있다. 이때 술을 마신다는 점이 역시 무언가 잘못되었다.

링거를 맞은 그날, 이미 술을 먹기 시작한다.

이를 전문용어로는 '알코올 사이클'이라고 부른다. 또 술마시기를 멈출 수 없는 상태를 '연속음주발작'이라 부르고, 이 증상이 있는지 없는지가 알코올중독을 판단하는 중요한 진단 포인트가 된다.

멀쩡한 사람 흉내는 잘 낸다

───

한 달이나 2주에 한 번씩 링거를 맞으러 다니면 의사가 이를 눈치채고 "알코올중독이네요"라고 말해줄 것 같은가? 전혀 그렇지 않다. 자세히 들여다보지도 않고 "탈수 증상이네요, 링거 놔드릴까요?"라고 말할 뿐이다.

이유는 계속 같은 의사가 담당하지 않기 때문이다. 그리고 24시간 대응하는 응급실 같은 곳이었기 때문에 보통은 나보다 훨씬 상태가 좋지 않은 사람들로 가득하다.(웃음) 나는 그저 경미한 증상에 불과한 것이다.

링거를 맞으러 병원에 가는 사람은 꽤 많다. 처우가 열악한 기업에서 혹사당해 가끔 링거를 맞으러 다닌다고 자랑처럼 이야기하는 사람들이 있지 않은가? "진단은 필요 없고요, 몸이 안 좋아서 그러니까 링거 좀 놔주세요"라고 부탁하는 사람도 상당수다.

나도 "링거 맞는 게 좋을 것 같아서요"라고 곧잘 말하고는 했다. 그러면서 술을 얼마나 마셨는지는 이야기하지 않는다.

알코올중독자와 오래 관계를 맺은 사람은 반드시 이를 간파하지만, 알코올중독자들은 비교적 멀쩡한 사람 흉내를 잘 낸다. 드라마 속 알코올중독자들처럼 여기저기 부딪치면서 비틀비틀 다니지 않고 똑바로 걸어 다닌다. 되도록 말끔한 차림을 하고 말이다. 양치도 확실히 하고 몸도 제대로 씻는다.

실제로 한 번 보고 알코올중독자임을 알 수 있는 사람은 더는 돌이킬 수 없는 사람들뿐이다.(웃음) 편집자 H도 나를 만났을 때 '이 사람 술 냄새 나는걸'이라고 생각한 날이 있었을 테고, 갑자기 통화하게 됐을 때 '앞뒤가 안 맞아서 당최 무슨 말 하는지를 모르겠네'라고 느낀 적도 있을 것이다. 하지만 만났을 때 '오다지마 씨 오늘 좀 위험해 보이는데?'라고 생각한 적은 없을 것이다. 부쩍 말라 보이거나 얼굴색이 좋지 않다고 느끼는 경우는 있어도 옷에 하얗게 비듬이 떨어져 있거나, 다 해진 옷을 입거나, 가까이 가기만 해도 냄새가 나는 등의 일은 없었다. 되도록 조심하기 때문이다. 뭐, 좀처럼 사람을 만나지 않기 때문일지도 모르지만.

혼자 살지 말았어야 했다

   내가 심각한 알코올중독자가 된 이유 중 하나는 당시 사실상 혼자 살고 있었기 때문이다.

   아이가 태어났지만 대체로 집에 있었던 적이 없다. 그도 그럴 것이, 아내의 친정이 당시 우리 집이 있던 사사즈카笹塚에서 급행을 타고 한 정거장, 일반 전철로도 세 정거장밖에 안 되는 곳에 있어, 아내가 아이를 낳은 뒤 엄마와 언니가 있는 친정집에 가 있었기 때문이다.

   나는 육아에 별로 도움이 되지 않는다고 생각한 모양이다.

   한번은 아내가 아이를 데리고 집에 왔을 때, 내가 아이 목욕을 시키겠다는 말을 꺼냈다고 한다. 욕조에 넣은 것까지는 좋았는데, 아이는 쉴 새 없이 움직이지 않는가? 하지만 움직인다는 것까지는 예측하지 못했다. 파닥파닥 움직이길래 "왜 움직이는 거야"라고 말하자마자 아이를 떨어뜨리고 말았다. 쾅! 하는 소리가 나고 아이의 머리가 찢어져 굉장한 피가 쏟아져 나왔다. 그걸 본 내가 웃었다고 한다. "피가 엄청 나네, 아이인데도 말이야"라고 했다나. 아내의 인상으로는 피가 나는 것도 심각했지만, 내가 크게 웃고 있던 것이 제일 큰 충격이었나 보다. 나도 기억은 잘 안 나지만······. 결국 기억이 안 난다.

일종의 패닉 반응이었던 것 같은데, 아무리 그래도 너무 심했다며 아내는 나를 아이에게 가까이 가지 못하게 했다. 그러다 점점 사이가 멀어졌고, 그 결과 아침부터 술 마시기를 주체하지 못하게 된 것인지도 모른다.

가족이 있으면 숨어서 먹거나 없을 때 조금만 마시는 경우가 많은데, 혼자 오래 살면 아침부터 벌컥벌컥 들이켜게 된다.(웃음) 원래도 술을 많이 마셨지만, 더 심해지게 된 계기는 혼자 살기 시작하면서부터였다.

이런 이야기를 아내에게 했다. 하지만 아내는 나와 생각이 전혀 다른 모양이다.

회사를 같이 꾸려가던 친구가 이상해졌다

앞에서 잠깐 언급한 적이 있는데, 함께 회사를 꾸려가던 친구가 있었다. 그 친구가 사장에 내가 전무였고, 또 한명 상무가 있어 셋이서 주식회사를 운영했다. 1986년인가 1987년 무렵 설립해서 1992년 또는 1993년 정도까지 그회사에서 급여를 받는 형태로 일했다. 컴퓨터 관련 일과 내칼럼 일을 통해 대체로 셋이서 비슷한 정도로 벌어들인 뒤급여를 똑같이 나누었다. 그런 형식의 회사였다.

1991년인가 1992년쯤, 그 사장이었던 녀석의 머리가……이상해졌다. 이를 뭐라고 하던가, 조현병이었던가. 1991년애플사 컨퍼런스 때문에 미국에 갔을 때 스트레스를 받은건지 뭔지는 잘 모르지만 호텔 안에서 "난쟁이가 걸어 다니네"라고 말하기 시작했다. 정말 깜짝 놀랐다. 그리고 그 상태로 일본으로 돌아오지 못했고, 뉴욕에서 반년이나 입원을했다. 돌아와서도 역시 상당히 이상했다. 아내는 미국에서의 발병이 계기가 되었다고 말했다.

나는 이제 그 사건은 별로 기억나지 않는다.

술을 마시는 이유 같은 건 없다고 얼마 전에도 말하지 않았는가? 그건 실제로 거의 맞다. 무엇이든 술을 마시는 이유가 되고, 계기가 될 만한 일도 상당히 많다.

정식으로 회사를 정리하지는 않았지만 그만둘 수밖에 없어 결국 혼자 일을 하는 형태가 되었다.

정말 바보 같은 이야기지만 친구들과 회사를 운영했던 때는 셋으로 수익을 나누었는데, 셋이서 모두 800만 엔씩 벌어도 한 사람당 500만 엔씩밖에 받지 못했다. 일반적인 주식회사라면 이익을 더 내지 않도록 많은 비용을 경비로 처리한다. 하지만 우리는 경비를 거의 사용하지 않았다. 번 돈을 전부 모아 "자, 이게 이익입니다"라며 신고했고, 그 결과 엄청난 세금을 뜯겼다.(웃음) 그렇게 목가적인 경영을 해왔으니, 회사를 그만두고 나서 갑자기 생활이 편해졌다. 번 돈이 그대로 내 수입이 되었으니까. 내가 이렇게 벌었었구나, 하는 생각이 들었다.

트위터가 막 생겨났을 무렵 《아사히신문》의 K라는 편집자가 "원고 기한을 늦춘 이유와 관련해서 말도 안 되는 이야기를 들었었죠"라는 이야기를 했다. "제가 무슨 말을 했었나요?"라고 물으니, 당시 내가 "저축해둔 돈을 보니 잔액이 꽤 많아서 돈을 버는 보람이 없어졌어요"라고 말했단다.(웃음) 최악이다, 정말.

선배의 제안을 조롱하는 신입

예전의 나를 돌이켜 보면, 20대 초반 술을 막 마시기 시작했을 때는 사실 술을 그렇게 좋아하지 않았다.

자주 그렇게 이야기하고 다녔다.

대학을 나와 오사카에 있는 회사에 막 들어갔을 무렵, 선배가 술을 먹으러 가자고 하면 대부분 그 제안을 거절했다. 그러면 "뭐야, 너 술 안 마셔?"라고 보통 묻는다.

"아뇨, 딱히 못 마시는 건 아닌데요."

"그럼 가자! 술 싫어하는 거 아니라며."

"술은 좋아하지만, 술 취한 사람은 싫으니까요."

싸움을 거는 것과 마찬가지였다. 신입사원이 선배 손에 이끌려 술을 마시러 가면 어차피 설교만 듣다 오지 않는가. 나는 또 설교당할 포인트가 많은 신입이었고…… 선배들은 설교하려고 술자리를 제안한다. 그걸 아니까 "술은 좋아하지만, 술 취한 사람은 싫어요"라고 말하고 거절했다. 나도 참 별로인 놈이었다.

"집에 가면 뭐 할 건데?"

"일기 쓰고 뜨개질할 건데요."

최악이다.(웃음) 상대가 싫어할 만한, 상대의 신경을 건드리는 말만 일부러 찾아 했다.

내가 회사를 그만둔 이유

1980년대 초반, 잠깐 롤러스케이트가 유행했던 적이 있다. 정확히는 인라인스케이트라는 녀석이다.

내가 어렸을 때 탔던 롤러스케이트는 바퀴가 철로 되어 있었는데, 그것이 고무로 바뀌어 훨씬 조용해졌다. 그래서 유행했던 것 같다. 롤러 디스코장이 생긴 것도 고무로 되어 땅에 닿는 감촉이 좋은 롤러스케이트가 나왔기 때문이다.

내가 신입이었을 때, 오사카 센리추오千里中央에 있던 롤러 디스코장에 간 적이 있다. 어렸을 적 롤러스케이트를 탔던 기억이 있어서 빙글 돌아보니 잘 돌아졌다. 피겨스케이팅처럼 발끝으로 설 수는 없어도 뒤꿈치를 붙이고 빙글 돌면 한 발로 돌 수 있었다. 그런데 다시 그 기술을 시도했더니 발목은 전혀 움직이지 않았는데 몸이 회전해버려서…… '뚝' 소리가 났다.

정강이뼈와 종아리뼈 골절. 왼발 정강이뼈가 두 대나 부러졌다. 디스코장에서 맞이한 대참사였다.(쓴웃음)

그때가 아마 5월이었던 것 같다. 회사에 입사한 게 4월이었으니 아직 한 달 정도밖에 되지 않았는데 갑자기 다리가 부러져 입원을 한 것이다. 원래는 한 달이라고 들었지만 '석 달 꽉 채워 쉬어주겠어'라는 생각으로 8월까지 쉬었다. 9월부터 회사에 나갔는데 이듬해 1월에는 퇴사를 했으니까 제대로 다닌 것도 아니다.

게다가 어차피 그만둘 거라는 생각이 조금 있었다. 그래서 9월부터 회사에는 나갔지만, 회사가 빌려준 사택을 거점으로 간토 지방 여행을 다녔다. 당시 고등학교 동창 중 재수를 하고 대학을 그만뒀다가 다시 재입학해서 주오대학 1학년생인 친구가 있었다. 그 녀석이 "나 간토 지방 여행해본 적 없거든. 너 사택이 거기면 나도 좀 가자"라며 무작정 쳐들어왔다. 그래서 오사카에 돌아온 뒤 얼마간은 회사를 빼먹고 그 녀석과 나라, 교토 같은 곳을 여행했다.

그런데 그걸 들키고 말았다.

"나 내일부터 회사에 다시 나가야 해. 들켜버렸거든" 하고
말하자 "괜찮아, 내가 집 보고 있으면 되니까"라고 말하고는
집에 눌러앉았다.(웃음) 그 녀석이 있어서 어쩔 수 없이 나
는 일단 회사로 출근했다가 영업차를 타고 집으로 돌아온
다음, 친구를 태워 다시 교토와 나라를 순회했다. 그리고 그
걸 또 들켜버렸다. 더는 회사에 발붙이기 힘들게 된 것이다.

생각해보면 그 녀석도 굉장한 술꾼이었다.

친구가 집에 있는 동안, 현관 신발장 앞에 빈 맥주캔을 늘
어놓으면 신발을 못 신을 정도였다. 100캔 정도는 있었던
것 같다.

그때는 나도 술을 꽤 마셨다.

그리고 술에 대한 생각이 잘못되었었다. 항상 어딘가 파
멸적인 방식으로 술을 마셨다. 꽤 젊었던 시절, 알코올중독
에 빠지기 전부터 술을 마시는 것은 의식을 잃는 행위라고
생각했던 것 같다.

그리고 일어나 보니
옷장 안에다…

사사즈카에서 혼자 지냈을 때는 나를 말릴 사람이 아무도 없었다.

어느 날 화장실로 착각해 옷장 안에 소변을 본 적이 있다.

전혀 기억은 나지 않는다. 소변을 눈 것도, 그대로 잠든 것도…….

나중에 속옷과 양말을 옷장 안에서 꺼내려다가 "우왓, 이게 무슨 냄새야!" 하면서 바로 문을 닫았다. 그러고는 그대로 잊어버렸다. 며칠 지나서 다 말랐을 즈음 다시 문을 열었더니 께름칙한 냄새가 풍겼다. 심지어 이상한 색으로 물들어 있었다. '내가 여기에다 실수를 했구나' 그때 처음 깨달았다.

그런데 그런 일이 한두 번으로 끝나지 않았다.

아즈마 씨가 "나는 그런 일 없었어!"라며 자랑했다.(웃음) 나도 대변은 본 적 없다고 자랑했지만, 그게 자랑이 될 만큼 소변을 본 횟수가 많았다. 뉴스 편집자이자 프리랜서 작가인 나카가와 준이치로 씨는 화장실에 가는 것도 귀찮아서

페트병에다 소변을 본다고 했다. 페트병이 너무 늘어서 힘들다나 뭐라나.

다치기도 많이 다쳤다. 자전거를 타고 가다가 구른 적도 있고, 피부가 약해지는 건지 조금만 다쳐도 까지고 피가 나기 십상이었다. 멍투성이였던 것은 무의식 중에 피가 맺힐 정도로 자주 넘어졌기 때문이다.

밖에서 마시면 다치는 것이 싫어 집에서 마시던 때도 있었다.

뭐, 그래도 또 마시러 나가기는 했지만.

결국 집에는 왔는데 어깨가 아픈 것 같아서 보니 찰과상이 생겼다. 벽에 부딪친 건가 땅에 부딪친 건가, 도대체 어디에 부딪친 건가.

집에 언제 왔는지도 모른다. 마지막이 가마타였던 것은 기억나는데 거기서 언제 돌아온 걸까?

그리고 가장 신경 쓰였던 것은 '내가 돈을 냈던가?'였다.

먹을 거야, 마실 거야!
하나만 해!

　지갑을 열어봐도 보통은 돈이 얼마나 들어 있었는지 잘 모르지 않는가? 하지만 아무래도 항상 돈을 내지 않고 오는 느낌이었다.

　작가들은 돈을 내는 습관이 별로 없다. 미팅을 할 때도 대체로 다른 누군가가 돈을 낸다. 편집자와 술을 마시면 기본적으로는 스스로 돈을 내는 일이 거의 없다. 그러니까 그렇지 않은 상황에서도 돈을 내야 한다는 개념이 머릿속에 없다. 특히 술을 마시면 더더욱 없어진다. 술집에서 알게 된 사람과 "오모리에 갑시다!", "가마타에 갑시다!" 하면서 다녀온 것까지는 좋은데, 내가 돈을 냈는지 아닌지는 전혀 기억이 없다. 그게 스스로도 매우 싫었다. 하지만 그런 사람들과 같이 갔으니까 내기는 했을 것이다. 그쪽도 괜히 쏘지는 않았을 테니 말이다.(웃음)

　그렇다고 해서 그렇게 비싼 술집도 아니었다. 집에 올 때도 지하철 막차를 탔을 리는 없고, 아침 첫차를 타고 왔나 싶다.

오모리, 가마타 쪽으로 갈 때도 있었고 우구이스다니鶯谷
나 우에노上野 쪽으로도 갔다. 왠지 술을 마시면 그쪽으로
가고 싶어진다. 그보다 술깨나 마신다는 사람은 그쪽으로
많이들 간다.

　대주가는 안주를 별로 먹지 않으니까 음식은 상관없다.
결국 2차부터는 바 같은 곳에 가는 일이 잦았던 것 같다.

　어쨌거나 진정한 술꾼들은 안주를 거의 먹지 않는다. 이
유는 안주를 먹으면 술을 많이 먹을 수 없기 때문이다. 나도
안주는 거의 먹지 않았다. 땅콩 같은 걸 조금 집어 먹는 정
도다. 그리고 술을 마시면 음식이 맛있어진다고들 하지만
나는 전혀 그렇지 않았다.

　자주 다른 사람에게 "둘 중 하나만 해!"라고 말했다.(웃음)

　남이 무언가를 먹고 있는 것이 별로 내키지 않았다. "마실
거면 먹지 말고, 먹을 거면 마시지 마." 늘상 이렇게 남들에
게 강요했다.

4일째

알코올과
크리에이티브

골프도 못 치는 몸이 되다

1992년 초봄이었던 것으로 기억한다. 도쿠시마德島에 3주 동안 틀어박혀 책 한 권을 쓴 적이 있다. 저스트시스템 이라고 하는 회사가 도쿠시마 시 교외에 사택을 몇 군데 가지고 있었는데, 그곳 3LDK* 집에서 일러스트레이터와 함께 3주 동안 살았다. 그 일러스트레이터는 원래 《닛케이파소콘》의 편집자였던 젊은 친구로, 죽이 잘 맞는다는 이유로 둘이서 가게 되었다.

그때도 죽을 만큼 마셨다.

어쨌든 내가 너무 마셔대니까 그 친구도 나중에는 조금 몸을 사리긴 했지만, 매일 아침이 되면 지난밤에 했던 이야기도 기억하지 못했다. "오다지마 씨가 그렇게 말했잖아요", "내가? 진짜?" 계속 이런 느낌이었다.

도쿠시마 중심지에서 꽤 멀리 떨어진 곳으로, 차가 없으

---

* 방이 3개(3room)에 거실(Living)과 식당(Dining), 부엌(Kitchin)을 갖춘 일본의 집 구조를 말한다.

알코올과 크리에이티브 ···

니 걸어 다닐 수 있는 범위 내에서만 움직였다. 게다가 오락 거리가 하나도 없었다. 결국 진을 산더미처럼 사 와 집에서 마시거나 아니면 골프 연습장에 갔다. 그리고 그곳에서 옆구리를 다쳤다. 그렇게 조금 골프채를 휘두른 것만으로도 쉽게 근육을 다쳤다. 체력이 떨어져 있었으니까.

골프도 사실은 20대 때, 꽤 집중적으로 친 적이 있었다. 1985년인가 1986년쯤 딱 한 번의 요행이었지만 80타 스코어로 게임을 마친 적도 있다. 나름대로 실력 있는 골퍼였다. 그리고 술을 한창 마시던 1990년 무렵, 동창 모임 대신 골프를 치러 가서 시합을 한 적이 있었다. 실력에는 자신이 있었으니까 당연히 100타 이내로 들어올 줄 알았는데 100은 커녕 150도 나오지 않았다. 심지어 중간에 양다리에 쥐가 나서 중도 포기하고 말았다. 당시 '아아, 나는 이제 골프도 못 치는 몸이 되었구나'라고 생각했다.

그때만 해도 알코올이 원인이라고 생각하지 않았다. 단지 운동 부족인가 정도로만 자각했다. 지금 생각하면 확실히 알코올 탓이다. 마지막으로 의사에게 갔을 때 간과 신장 수치가 정말 말도 안 되게 나왔으니까.

알코올중독이라는 병명으로 직접 죽는 예는 사실 거의 없다. 대체로 간경변이나 대퇴골두 무혈성 괴사 같은 이름으로 신문에 보도된다. 가수 미소라 히바리가 걸린 대퇴골두 무혈성 괴사는 사실상 알코올중독의 별칭이라 할 수 있다. 나도 예전처럼 술을 계속 마셨다면 50이 되기도 전에 간 같은 곳에 문제가 생겼을 가능성이 높다. 그렇게 몸이 튼튼했던 것도 아니고 말이다. 말은 이렇게 해도 애초에 간이나 췌장이 어느 정도 튼튼하지 않으면 알코올중독까지는 발전하지도 않는다.

줄어드는 일,
늘어만 가는 빚

———

그런 상태로도 도쿠시마에서 3주 동안 책 한 권을 확실히 써냈다. 낮에는 저스트시스템 본사 사무실에 틀어박혀 오로지 원고를 썼고, 밤에는 도보권 내에 있는 사택으로 돌아와 끝없이 진을 마시는 생활을 매일 반복했다.

당시는 그 일이 커다란 수입원이었을 정도로 변변히 일도 하지 않았다. 그밖에는 예전에 쓴 글을 책으로 엮는 활동을 비교적 열심히 했다. 1990년대 중반 정도에는 사실 단행본이 많이 출간되었다. 하지만 당시 원고료의 형태로 꾸준히 들어오는 수입은 월간지 연재 두 편뿐이었고 나머지는 단편적으로 쓰는 정도였다. 직업으로 쓰는 글이 한 달에 대여섯 편, 가장 적을 때는 두세 편. 한 달에 칼럼을 세 편 쓴다는 것은 일주일에 한 편을 쓸 필요도 없다는 소리다.

그래서 도통 아무것도 하지 않았다. 아무것도 하지 않으니까 술을 마시는 건지, 술을 마셔대니 일이 줄어든 건지 모르겠다. 그건 참 미묘하지만 아마 양쪽 다일 것이다.

1980년대 말 무렵에는 맞벌이에 아이도 없으니까 저축이 점점 불어나 일할 의욕이 생기지 않는다는 둥 속 편한 소리를 해댔지만, 1995년 결국 술을 끊어야겠다는 말이 나왔을 때는 여기저기 빚이 꽤 있었다.

뭐, 대부분 부모님과 친구들한테 빌린 돈이었지만 전부 합하면 500~600만 엔은 되었을 것이다. 게다가 심각한 일은, 신용카드를 두 개 만들어 한쪽 카드값을 다른 쪽 카드로 메꾸면서 급한 불을 끄다 보니 빚이 불어나는 전형적인 카드지옥에 빠져 있었다는 점이다. 이러지도 저러지도 못하게 되어 부모님이 빚을 정리해주신 적도 있는데, 이에 대해 별로 생각하고 싶지 않다는 것도 술을 마시는 이유가 되었다.

일이 적었을 때 《크로스 비트》라는 음악잡지에 연재를 했는데, 월간지에서 있어서는 안 되는 일이지만 세 번 정도 원고를 펑크낸 적이 있다. 그러면 꼭 '오다지마 씨의 몸이 안 좋은 관계로'라는 등의 이유로 편집자와 아르바이트생들

의 좌담회 같은 페이지가 게재되었다. 정말 말도 안 되는 이
야기다.(웃음)

'완만한 자살'이라는 설정으로
자신을 속인다

실제로 위기감도 느꼈겠지만 우울증, 즉 우울 증세를 변명으로 삼는 면도 분명 있다.

알코올중독자와 관련해 '완만한 자살'이라는 표현을 사용하기도 하는데, 쉽게 말해 완만한 자살이라는 설정으로 자신을 속이고 있다는 이야기다. 그리고 이것은 술을 마시는 사람들 사이에서 아마 어느 정도 공통된 심리일 것이다.

'어차피 나는 곧 죽을 테니까'라고 생각하며 자신이 만든 허구의 세상 속에서 술을 마신다. 빚이 쌓이고 연재가 엎어지는 등 일이 잘 풀리지 않거나 곤란한 상황에 처해도 '뭐 오래 살 것도 아니고'라면서 일을 뒤로 미뤄버리는 심리다.

이것은 내가 비교적 젊었을 때부터 가지고 있던 생각으로, 상황이 불리해지면 '이런 건 딱히 오래 살 놈들이나 고민할 일이지'라고 생각하는 습관이 몸에 배어 있었다. 뭐, 카드지옥 같은 거다. 귀찮은 일을 뒤로 미뤄버린다는 점에서 카드값을 다른 카드로 돌려막는 것과 똑같은 이치다. 그리고 이 생각은 결국 술을 마시는 행위와 세트로 작용한다. 술에서 깼을 때 겪는, 눈앞이 캄캄해지는 우울증과도 역시 한 세트다.

그럼 술을 마시면 기분이 좋아지는가 하면 딱히 밝은 기분이 드는 것도 아니다. 술에서 깬 우울한 상태와 의식이 혼탁해진 만취 상태의 진자운동 사이에서 일순간 찾아오는, 몽롱하게 기분 좋은 순간이 마냥 좋았을 뿐이다.

술에서 깬 다음에는 우울증 때문에 원고를 쓸 기분이 아니고 만취해도 쓰지 못하니까, 원고는 사실 술이 조금 들어갔지만 비교적 정신이 안정된 중간 상태에서 썼다. 그때 쓴 원고가 못 봐줄 정도로 형편없는 글인가 하면 또 그렇지도 않다. 하지만 결국 쓸 수 있는 시간이 줄어든 것은 사실이다.

크리에이터는
파멸형 무뢰한이다

대주가인 소설가와 크리에이터creator는 술을 마셔도 일의 질이 떨어지지 않는 것처럼 보이지만 양은 절대적으로 줄어든다.

헤밍웨이는 결국 권총으로 자살을 했는데 "글을 쓸 수 없게 되어서 술로 도망친 거지"라고 말하는 사람과 "술을 그렇게 마셨으니까 글을 못 쓰게 된 거야"라고 말하는 사람이 있다. 나는 '술만 마셔대니까 글쓰기가 귀찮아진 것'이라고 생각한다.

글이 잘 써지지 않거나 쓴 글이 마음에 들지 않으면 술을 마시는 계기로 발전한다. 뭐, 이론상으로는 이해가 된다. 하지만 결국 문제는 '술을 마셔버리는 것'이며, 글을 쓸 시간이 사라지고 취해서 쓴 글을 제출해버리는 등 많은 일이 복합적으로 작용해 악순환에 빠진다.

헤밍웨이가 자국에서 어떻게 회자되고 있는지는 잘 모르지만, 일본에서는 대주가인 크리에이터를 어느 정도 신성시

하는 풍토가 있다. 이건 정말 잘못되어도 한참 잘못되었다. "소설가니까 술로 도피하고 싶을 때도 있겠지"라면서 면죄부를 주는 경우가 있는데, 그런 일은 없다.

하지만 이는 분명 창작에 종사하는 사람들의 문제가 아니라 크리에이터나 예술가의 창작물을 읽고 보는 사람들의 신념 비슷한 것으로, 그들의 마음속에는 '무언가를 만들어내는 사람은 어딘지 모르게 무뢰한이었으면 좋겠다'라는 소망이 자리하고 있기 때문이다. 다카다 와타루高田渡*도 아닌데 주선酒仙이라고 부른다거나. 예를 들어 다자이 오사무의 《인간 실격》에서도 주인공이 죽은 뒤, 지인들이 주인공을 두고 "신 같은 아이였어요"라고 이야기한다. 하지만 그럴 리 없지 않은가? 뻔한 거짓말이다.

---

* 1949~2005. 일본의 유명한 포크송 가수로 알코올중독자였다. 술을 곁에 두고 한평생을 살았고, 심부전으로 사망했다. 술을 마시고 콘서트를 여는 등 술을 매우 사랑해 '주선 가수'라는 별칭으로도 불렸다.

뭐라고 해야 할까, 자신들은 안전한 곳에서 구경만 하면서 무언가를 만들어내는 사람들에게는 창작하는 과정에서 몸을 불사르고 스스로 파멸하길 원한다. 정말 파멸까지 바라는 건지는 모르겠지만, 파멸형 무뢰한이었으면 하는 소망을 가진 팬은 항상 존재한다. 뭐, 팬이 그렇게 생각하는 건 그들의 자유지만 창작자 본인도 그렇게 생각한다면 그건 정말 바보 같은 짓이다. 그렇다면 그냥 빨리 파멸해버리면 된다.

그러한 연유로 알코올이나 약과 관련해 요상하게 죽은 사람이 있으면 평가가 높아지기도 한다. 나카가미 겐지中上健次*를 좋아하는 사람은 "그런 사람이었으니까 걸작을 낸 거지"라고 말한다. 오자키 유타카尾崎豊**도 마찬가지다. 오

* 1946~1992. 일본의 소설가. 공동체를 중심으로 한 독특한 토착적 작품 세계관을 쌓아올렸으며, 대표작으로는 《고목탄(枯木灘)》이 있다. 일본 최고 문학상인 아쿠타가와(芥川)상을 수상했다.

자키 유타카는 마지막에 각성제인지 뭔지를 했던 것 같은데, 술도 어지간히 마셨던 모양이다.

나도 술을 끊은 지 20년 정도 되었지만 아직도 "오다지마는 술을 끊어서 글을 잘 못 쓰게 됐지"라고 말하는 녀석들이 있다.

그래서 트위터에서 그렇게 말하는 사람의 홈을 들여다보니 아니나 다를까, '생과 사의 갈림길 위에서 고뇌하지 않는 인간은 진정한 문장을 쓸 수 없다' 같은 개똥철학을 잘도 늘어놓았더라. 정말 눈물 젖은 유서라도 써놓고 제발 사라져줬으면 좋겠다.

● 1965~1992. 1980년대 일본의 인기 가수. 음악에 대한 재능이 뛰어나고 작사, 작곡에 능했지만 향년 26세에 요절했다. 한국에서도 〈I Love You〉 등의 곡으로 잘 알려져 있다.

all or nothing

알코올 탓에 머리가 이상해졌다는 이야기도 물론 자주 듣지만, 애당초 지니고 있던 사고思考의 경향 때문에 알코올의 덫에 빠졌다는 이야기도 엇비슷할 정도로 자주 듣는다. 이는 꽤 전형적인 형태로 존재한다.

사고방식이나 행동 패턴이 이분법적, 즉 'all or nothing'인 '흑이냐 백이냐'를 따지는 인간에게 술을 건네면, 얌전하게 마실 줄 모른다. 구체적으로 말하면 조금씩 마시고 적당할 때 끊는 당연한 음주 습관이 불가능하다.

실제로 나는 원래 술뿐 아니라 다른 것에서도 이분법적인 성향이 있었다. 어느 정도 나이가 들고부터는 되도록 그렇게 생각하지 않으려 애쓰지만, 어디까지나 애쓰고 있을 뿐일 때도 많다. 무언가를 시작하면 비교적 신경을 써가며 열심히 하지만, 어느 날 갑자기 완전히 귀찮아져 그만두고 마는 때도 자주 있다.

매사에 열중하는 스타일은 아니지만 다양한 일을 적당한

범위 내에서 해결하기가 쉽지 않은 건지도 모른다. 알코올 중독자들 간에 극단적으로 소심하거나 반대로 호탕하다고 하는 공통점은 없다고 앞에서 이야기했는데, 술 때문에 일을 그르치는 사람 중에는 '흑이냐 백이냐'를 따지는 부류의 인간이 많다는 느낌도 든다. 그냥 기분 탓인지도 모르지만.

술과
문장
❷

앞에서 나는 술이 문장을 쓰기 위한 스위치가 될 수 없다는 취지의 이야기를 했다. 더불어 술이 집필의 스위치가 되는 건 그 인간이 알코올중독자일 때로 국한된다는 주장을 펼쳤다.

모두 틀린 말은 아니다.

하지만 알코올중독 진단을 받을 정도의 대주가가 아니더라도 술을 마시지 않으면 원고를 쓸 수 없는 인간은 실제로 어느 정도 존재한다.

구체적으로 말하면 문장에 과잉 의식을 지니고 있는 작가가 술의 힘을 빌려 집필의 장애를 낮추는 예가 실제로 그렇게 드물지 않다는 이야기다. 자신의 문장에 대한 요구 수준이 지나치게 높은 완벽주의자는 자주 자승자박에 빠진다. 그래서 그런 부류의 작가 중에는 술을 마셔 자신의 엄격한 비평안을 흐리게 함으로써, 쓰면 지우고 쓰고 다시 지우는 무한루프에서 해방되는 이들이 있다.

본인은 술을 통해 용기를 얻었다고 자각할지도 모른다.

하지만 나는 술이 초래한 건 용기가 아니라고 생각한다.

예를 들어, 술을 마셔야만 여성을 유혹할 수 있는 남자는 그렇게 드물지 않다. 아니, 그보다 완전히 말짱한 정신으로 여성을 유혹하는 남자 쪽이 오히려 소수일지 모른다.

그렇다면 세상의 남자들은 술의 힘을 빌려, 술이 초래하는 작용 때문에 여성을 유혹하는 걸까?

아니라고 본다.

술이 초래하는 것은 용기 그 자체가 아니다. 술이 술을 마시는 사람에게 제공하는 것은 조금 더 치사한 무언가, 즉 '변명'이다. 남자가 여자를 유혹하든 여자가 남자를 유혹하든 유혹하는 쪽과 유혹당하는 쪽 사이에서 "술에 취했으니까"라고 미리 변명 내지는 도망갈 구석을 만들어두니까 우리는 계획된 우행을 향해 발을 내디딜 수 있다. 그렇지 않으면 부끄러움이 많은 일본인 대부분은 영원히 사랑에 빠지는 어리석은 인간은 될 수 없다.

다만 꼬시거나 유혹하는 등의 행위를 더 실태에 맞게 평가한다면, 애당초 '같이 술을 마신다는' 시점에서 양자는 이미 서로를 유혹하기 위해 어느 정도 합의했다고 볼 수 있다.

그러니까, "여성을 유혹하고 싶을 때 같이 술을 마시면 더 성공률이 높아진다"는 말은 반은 틀렸다. 정확하게 다시 말하면, "같이 술을 마시기로 합의한 단계에서 이미 앞일의 전개에 대해서도 어느 정도 의견 일치를 보았다"가 맞는 말이다.

술을 마신다→막차가 끊긴다→밤을 보낼 숙소를 구한다처럼 일련의 흐름이 이미 순서도처럼 만들어져 있는 경우도 있다.

물론 막차라는 것이 갑자기 출발하지는 않는다. 함께 술을 마시던 두 사람이 막차가 출발할 시간이라는 사실을 알면서도 모르는 척함으로써 '막차가 가버리는 것을 묵인'하는 공범 행위를 통해 '암묵적 약속'을 한 것에 불과하다.

"이런, 벌써 12시 반이네."

"어머나, 정말! 어떡하지?"

글로 쓰는 것도 우스운 전개다.

이리하여 '예기치 못한 사건'에 맞닥뜨린 두 사람은 '어쩔 수 없이' 첫차가 다닐 때까지 몇 시간을 보내기 위한 숙소를 찾게 되는데, 물론 그들이 현재 처한 사태를 '예상'하지 못한 것도 아닐뿐더러 앞으로 시작될 전개를 '어쩔 수 없이' 맞이하는 것도 아니다. 모든 일은 미리 계획된 실수다.

이야기가 조금 다른 길로 샜다.

내가 하고 싶었던 이야기는, 술이 여러 상황에서 '예측된 변명'으로서 기능한다는 점이다.

남녀와 관련된 일이 아니더라도 이와 비슷한 사태는 매일 일어난다.

상사와 부하든, 발주한 회사와 발주 받은 업체든, 고객과 판매처든 대체로 '통상적인 상황에서 솔직한 의견 교환이 어려운' 관계에 있는 사람들은 술의 힘을 빌린다.

그래서 '술을 마셨으니까 하는 이야기인데'라는 공통된 변명을 늘어놓은 뒤, 그다음 단계로 상담을 하거나 허심탄회하게 이야기를 나눈다.

그러면 술 덕분에 본심을 이야기한다는 소리니까 그건 나름대로 좋은 것 아니냐고 묻는 사람도 있는데, 경솔한 사람들은 항상 그런 식으로 얄은 생각을 하며 세상을 살아간다.

틀렸다.

술에 취해 본심을 말하는 것이 아니다. 술에 취한 척하며 그 틈을 타 면밀하게 계산을 하는 것이다.

"저는 말이죠, 과장님. 오늘은 취했으니까 이렇게 말씀드리는 건데요"라며 과장되게 서두를 늘어놓은 끝에 신입 3년 차 평사원 야마다가 꺼내는 말은 대부분 아첨이다.

"저는 과장님을 정말 존경해요. 정말로요. 이렇게 훌륭한 분은 뵌 적이 없어요."

25세인 야마다 겐타는 '취해서 나도 모르게 본심을 말해버린' 척하며 눈에 빤히 보이는 아첨을 늘어놓는다. 아아, 정말 싫다.

자, 그러면 문장 이야기로 돌아가보자.

술의 힘을 빌려 문장에 대한 장애물을 낮춘 작가는 스스로를 속인다.

"취해서 쓴 문장이니까."

"술의 힘을 빌려 쓴 편지니까."

이런 변명을 하는 인간은 키보드를 두드리기 전 단계부터 이미 자신을 속인다.

어떻게 속이느냐 하면, 자신의 문장력에 환상을 품는 것이다.

자신이 주옥같은 문장을 쓸 수 있는 사람이라는 환상에서 벗어나지 못하니까, 취하지 않았을 때 쓴 문장을 자신이 맨정신으로 읽는 사태에 적응하지 못한다. 왜냐하면 자신이 쓴 문장이 '훌륭하지' 못하다는 사실은 읽어보면 대번에 알기 때문이다.

그렇다고 술로 도망가서는 안 된다.

문장력이 비평안을 따라가지 못하는 단계는 누구에게라도 있다. 아니, 사실을 말하자면 문장력은 평생 비평안을 쫓아갈 수 없다. 그 괴로움 속에서 자신이 쓴 문장의 부족함을 견뎌내고 조금씩 퇴고하여 서투른 문장을 갈고닦아야만 문장의 기교를 늘려갈 수 있다.

오, 정신론인가?

내가 근성 예찬, 정신론을 펼치다니.

술과 관련된 이야기만 나오면 나는 이상하게도 윤리적인 인간이 된다. 너그러이 봐주었으면 한다. 한 번이라도 알코올중독에 빠졌던 사람은 스스로에게 단속반처럼 귀찮은 설교를 계속 늘어놓아야만 금주를 이어나갈 수 있다. 이 얼마나 괴로운 상황인가!

마지막으로 술에 의존해 문장을 쓰던 인간이 술 없이 문장을 쓰려고 할 때, 어떻게 하면 되는지 방법을 전수한다.

"그냥 마음 편하게 써라."

서툴거나 부족하더라도, 진부하거나 평범할지라도 자신 안에서 탄생한 문장을 미워하지 말지어다.

그것이 현재 실력인 이상 거기서부터 출발해야만 한다.

반대로 말하면 그곳에서 출발하지 않으면 앞으로 나아갈 수 없다. 그렇기에 술로 눈을 가려버리는 짓은 더더욱 해서는 안 된다.

50에 인격이 붕괴되고,
60에 죽을 겁니다

닷새 동안 한숨도 못 자다

의사를 찾아간 계기는 앞에서도 이야기했지만, 가장 심한 연속음주발작 증상이 찾아와 예전처럼 다마이병원에 링거를 맞으러 갔을 때였다. 링거를 맞았지만 여전히 아무것도 못 먹고 못 마시는 상태가 계속 이어졌다. 그때까지 겪은 것 중 가장 최악의 몸 상태로, 도무지 회복할 기미가 보이지 않았다.

그래서 반성했다고나 할까, 이건 아무래도 그냥 둘 수 없어 어쨌든 잠시 술을 끊어야겠다고 마음먹었다.

그 시점에 이미 이틀 연속으로 술을 마시지 않은 것도 이유가 되었다. 모처럼 이틀이나 마시지 않았으니 일주일 끊어볼까, 뭐 그런 생각이었다. 그 이틀은 마시지 않았다기보다 몸이 술을 비롯해 그 어떤 것도 받아들이지 않았다고 보는 게 맞지만. 지금까지는 겨우 물을 마시게 되면 "아, 물이 넘어가니 술도 괜찮겠지"라고 생각해왔지만, 이 상태로 술을 마시는 건 아무래도 안 되겠다 싶었다.

1995년 골든위크˚ 때였나. 그렇게 5일을 금주했다. 하지만 술을 마시지 않은 닷새 동안 나는 한숨도 잘 수 없었다.

알코올 이탈 증상의 양대 축은 '불면증'과 '우울증'이라고 한다. 스스로 알코올중독이라고 생각하지 않아도 알코올중독에 이미 한 발 들여놓은 사람은 별일이 있는 것도 아닌데 한잔 마셔야만 잠이 온다는 이유로 술을 마시곤 한다. 술을 좋아하고, 싫어하고, 취하고 말고의 문제가 아니다. 그저 술을 마셔야만 잠드는 사람은 사실 굉장히 많다.

그래서 어느 정도 증상이 진행된 알코올중독자들은 술에서 깨어 맨정신으로 있으면 전혀 잠들 수 없다. 심지어 그냥 맨정신도 아니고 굉장히 초조해하거나 우울해한다. 머릿속으로 별 쓸데없는 걱정을 하다 보면 잠이 도통 오지 않는다. 보통은 이 상태를 견디지 못해 술을 마신다. 그리고 술을 마

˚ 4월 말부터 5월 초까지 일주일 정도 공휴일이 모여 있는 일본의 황금연휴를 말한다.

시면 '아아……' 하고 어느 정도 안도감이 밀려온다. 조금 더 마시면 졸음이 오고 결국 술을 마시면서 잠이 든다. 술이 잠을 자는 스위치가 되는 것이다.

50에 인격이 붕괴되고, 60에 죽을 겁니다 …

계속해서 들려오는 환청

불면증 닷새째, 환청이 들려왔다.

그 환청도 처음에는 환청이라고 인식하지 못했다. 처음 이를 알아챈 것은 전철 소리의 변화였다. 당시 사사즈카 노선 바로 옆 아파트에 살았는데, 창문 바로 맞은편에 게이오선 선로가 지나가고 심지어 선로가 바뀌는 포인트가 있는 곳이었다. 전철 소음은 그야말로 굉장했다. 그런데 그 '덜컹덜컹덜컹덜컹' 하던 전철 주행음이 '뭔데뭔데뭔데뭔데' 하는 인간의 목소리로 들려왔다.

그래서, 어라? '덜컹덜컹'이 '뭔데뭔데'로 들리잖아, '이거 정말 신기하네. 진짜인가?'라는 생각에 진지하게 다시 들어보았다. 하지만 아무리 다시 들어도 '뭔데뭔데'로 들렸다. 그제야 비로소 '아아, 이거 좀 이상하네. 기분 탓이라고 하기에는 너무도 사람 목소리로 들리는데'라는 생각이 들어 방에 혼자 있기가 불안해졌다. 그러자 다음으로 어디선가 이야기하는 소리가 들려왔다.

그건 겨우 들릴락 말락 하는 남자와 여자의 대화 소리였다.

어디서 들려오는 목소리일까. 윗집일까? 옆집일지도 모른다고 생각해 벽에 컵을 대고 자세히 들어보니, 아무래도 죽이느니 마느니 그런 이야기를 하는 것 같았다. 대체 누구를 죽인다는 걸까. 애완견인가? 진지하게 경찰에 신고할까도 생각했다. 하지만 어쩌면 상대는 생선 같은 것일지도 모르니,(웃음) 그런 걸 신고하는 것도 우습고 해서 말았다.

하지만 아무리 그래도 이거 참 난처하다는 생각이 들었다. 어쨌든 방 안에 혼자 있는 것이 불안했다. 그래서 TV를 켰던 기억이 난다. 그러자 TV에서 여배우가 말한 대사와 똑같은 말이 내 등 뒤에서 들려오는 것이 아닌가! 2초 정도 뒤에 말이다. 그때 처음으로 '아, 내가 듣고 있는 게 바로 환청이구나' 하고 깨달았다.

'덜컹덜컹'이 '뭔데뭔데'로 들리고, 옆에서 대화 소리가 들리는 것은 어쩌면 있을 수도 있는 일 아닌가? 그렇지만

50에 인격이 붕괴되고, 60에 죽을 겁니다 …

여배우가 말한 대사가 2초 뒤에 등 뒤에서 들리는 일은 절대 있을 수 없다.

그래서 지금 환청을 듣고 있다는 사실을 깨달았다. 그때는 정신병으로 입원한 친구처럼 '아, 나도 결국 그쪽 세계로 발을 들여놓았구나'라고 생각했다. 나는 아무래도 머리가 이상해진 모양이라고.

의사가 그렇다면
뭐 그런 설정으로 가볼까?

그래서 일하러 간 아내에게 전화해 "나 아무래도 환청이 들리는 것 같아"라고 말했다. 그런 다음 "그러니까 병원에 다녀와야 할 것 같은데, 병원 좀 알아봐줄래?"라고 부탁했다. 아내가 아는 사람과 상담하고 여차저차 30분 정도 시간이 흐른 뒤, 아카바네에 평판이 좋은 심료내과가 있다는 정보를 전해주었다.

다만 그때는 혼자 전철을 타고 아카바네에 있는 병원까지 찾아갈 자신이 없었다. 여러 소리가 들리지만 어떤 것이 진짜고 어떤 것이 환청인지 전혀 구별되지 않았기 때문이다. 내가 어떤 소리에 대답하고 어떤 사람의 행동에 겁을 먹고 어떤 일을 시작할지, 나조차도 전혀 예측할 수 없었다. 그런 이유로 결국 스스로 차를 운전해서 갔는데, 그것도 지금 생각해보면 꽤 위험한 행동이었다.

어찌어찌 병원을 찾아가 내 증상을 이야기했다. 30분 정도 문진을 거친 뒤, 비로소 의사에게서 공식적으로 "당신은

50에 인격이 붕괴되고, 60에 죽을 겁니다 …

알코올중독입니다"라는 진단을 받았다.

일순간 '아아, 그런가'라는 생각이 들었지만, 처음에는 순순히 납득하지 못했다. 그 선생님한테서 책을 받고 여러 가지 설명을 듣고 난 뒤, 듣고 보니 그런가 하고 서서히 인정하게 되었다는 것이 솔직한 느낌이다. 첫 진료 때 아마 정신안정제 같은 약을 처방받았던 것 같다. 아니면 수면유도제를 처방받았을지도 모른다. 어쨌든 잠을 잘 수 없었으니까.

나는 환청이 들린 건 잠을 못 잤기 때문이라고 생각했다. 그것도 이유 중 하나였을지 모르지만 의사는 단번에 알코올이 원인이라고 단정했다. 그리고 나는 '의사가 그렇게 말한다면 뭐 그런 설정으로 가볼까' 정도로 생각했다.

다만 나는 술도 의사가 끊으라고 하면 그런 것쯤 언제든지 끊을 수 있다고 생각했다. 딱 좋은 기회네, 정도의 느낌이었다.

알코올중독, 알코올의존증, 알콜릭

그 의사는 앞서 말한 다나카 선생이라는 사람으로, 알코올중독 치료로는 일본에서 가장 유명한 구리하마久里浜병원에서 일했던 사람이다. 본인의 이야기에 의하면 구리하마에서 10년 이상 일한 결과 더는 주정뱅이들을 진료하는 것이 싫어졌다고 한다. 그래서 스스로 심료내과클리닉을 차렸다. 그리고 "기본적으로 저는 알코올중독은 진료하지 않아요"라고 말했다. 참고로 선생이 '알코올중독'이라는 말을 사용하는 이유는 '알코올의존증'이라는 말은 속임수이기 때문이라고 한다.

알코올중독은 그냥 알코올중독일 뿐이라나.(웃음)

그렇다고는 해도, 의미로서는 '의존'이라는 말이 맞다고도 했다. 보통 중독이라는 말은 가스중독이나 청산가리중독 등 약물이나 화학물질로 인해 몸 상태가 나빠지는 것을 중독이라고 하지 않는가? 무언가를 끊을 수 없는 것은 예를 들어 헤로인 중독이 아니라 '헤로인의존증'이라고 한다.

그러니까 의미로서는 의존증이 맞지만 '의존증'이라는 말
의 뉘앙스로 보면 '병 때문에 괴로워하는 불쌍한 사람'이라
는 이미지가 느껴진다. 하지만 '중독'이라고 하면 '구제 불
능의 쓰레기'라는 느낌이 강조된다. 이런 의미에서 '알코올
중독'이라는 표현을 쓰는 편이 본인으로서도 확실히 자각할
수 있다. 알코올중독은 오냐오냐해서는 안 된다고 선생은
생각한 모양이다, 아마도.(웃음)

　　'당신은 병자니까 자중해야 한다'라고 자각시켜야만 한
다. 하지만 '병자니까'라는 말투 자체가 알코올의존증 환자
에게는 그다지 좋지 않다고 생각했다. 그래서 항상 '알코올
중독'이라는 단어를 사용하는 것이다.

　　사실 의사에 따라 표현하는 방식이 다르다.

　　'의존증'이라 하기도 하고 '알콜릭'이라는 외래어를 선호
하는 사람도 있다. 어떤 단어가 가장 정확한지는 모르지만
그 어떤 표현도 진료 중 사용되는 단어에는 많든 적든 오해

나 욕구, 자조나 멸시 등이 쉽게 따라붙기 때문에, 일부 의료 관계자나 금주 단체 사람들이 세상의 일방적인 단정을 피해 '알콜릭'이라는 비교적 때 묻지 않은 단어를 사용하고 싶어 하는 기분은 알 것도 같다. 때 묻지 않았다기보다 단순히 지명도가 낮은 것뿐일지도 모른다. 잘 알려지지 않았기 때문에 아직 단어가 세속에 찌들지 않은 것이다.

그래서 나도 알코올중독에 대해 이상한 편견을 가진 사람들과 대화할 때면 전문용어처럼 들리는 이 '알콜릭'이라는 단어를 남용하면서 상대를 위압한다.

'한국인', '조선인', '북한' 등과 같은 단어는 어떤 문맥에서 어떤 단어를 사용해도 역사적인 상황과 받아들이는 쪽의 신념 혹은 사용자의 편견 등이 내재해 있다. 그래서 일단 '코리안コリアン'이라는 영어에서 유래된 가타카나를 사용하는 방법이 가장 오해를 피할 수 있지 않은가. 이것과 비슷하다고 본다.

그래서 사실은 이 단어도 어떻게 부르면 좋을지 정답은 알 수 없다. 일단 나로서는 '알콜릭'이라고 부르고 싶은 기분이다. '홀릭holic'이라는 건 이른바 '어떤 것을 특히 좋아하는 사람'이라는 뜻이다. 의존보다는 이 뜻이 실제와 더 가깝다는 느낌도 든다.

40에 주정뱅이가 되고,
50에 인격이 붕괴되고, 60에 죽을 겁니다

내가 처음 진료를 받았을 때 다나카 선생이 "당신은 아직 30대니까 '난처한 술꾼' 정도로 그럭저럭 지내고 있을 거예요. 하지만 40이 되면 주정뱅이가 되고 50에 인격이 붕괴되고 60이 되면 알코올성 뇌 위축으로 죽을 겁니다"라고 말했다.

"지금은 '난처한 술꾼' 정도라고, 스스로도 그렇게 생각하죠?"라고 질문하길래 "네, 맞아요"라고 대답했다.(웃음) 뭐, 그렇게 대답할 수밖에 없었다.

그런데 당시 의사의 말주변이라고 해야 하나, 대응 방식이 꽤나 절묘했다. 보통 병원에 처음 가면 문진표를 작성하지 않는가? '당신은 ○○○입니까?', '○○한 고민이 있습니까?'처럼 심료내과에서 주로 묻는, 답하는 쪽도 어느 정도 예측할 수 있는 이른바 전형적인 문진표였다. 술과 관련된 항목도 있었는데 '술은 일주일에 몇 번 마십니까?', '한 번에 어느 정도 마십니까?' 등 빈도와 양을 물었다. 그리고 의사도 내가 작성한 문진표를 들여다보면서 "오늘은 어떤 일로 오셨나요?" 같은 질문을 평범하게 시작했다.

"환청을 들은 것 같습니다."

내가 대답하자, 의사는 차락차락 페이지를 넘기던 손을 술 항목에서 멈추었다.

"술을 꽤 드시네요."

"확실히 좀 마시는 편입니다."

"스스로 대주가라고 생각하시는군요."

"그렇긴 하지만, 가끔 안 마실 때도 있고……."

"하지만 당신은 완벽한 알코올중독이네요. 틀림없습니다."

처음에 "오늘은 어떤 일로 오셨나요?"라고 물을 때 보여 줬던 상냥한 표정, 아마 그건 우울증이나 신경증이 있는 사람들의 경계심을 풀기 위한 전문의 특유의 부드러운 응대였을 것이다.

그렇지만 "당신은 완벽한 알코올중독입니다"라고 말할

때는 웃음기 하나 없는 엄격한 말투로 바뀌어 있었다.

"아마 아시겠지만 알코올의존증은 부인하는 병이라고도 불리는데요, 스스로는 인정하지 않습니다. 하지만 스스로 인정하지 않는다는 점까지 포함해서 당신은 틀림없는 알코올중독이에요."

잠시 그런 식으로 술을 마시느니 안 마시느니, 문제가 있느니 없느니 등의 이야기를 하다가 "저는 사실 구리하마병원에서 오래 있었는데, 이런 책도 썼어요. 참고삼아 가져가세요"라면서 책을 주었다. "원래 저는 알코올중독 환자는 보지 않아요. 알코올중독은 낫지 않으니까요. 구리하마에 있었을 때 몇 번이나 진료를 봐도 꼭 술을 다시 마시곤 했죠. 80~90퍼센트는 낫지 않아요. 하지만 뭐, 환자분은 아무래도 인텔리 같아 보이니까"라나. "어쩌면 나을 가능성이 있을지도 모르니 봐드리죠"라고 말했다. 참 환자를 컨트롤하는 능력이 뛰어나다.

술 없는 인생을
처음부터 다시 설계하다

진료를 몇 번 더 받은 뒤 선생은 자신이 첫 진료 때 '인텔리니까 진료를 보겠다'라고 한 의미에 관해 설명해주었다.

선생의 말에 의하면 알코올을 끊는 것은 단순히 계속 참거나 평생 인내하는 것과는 다르다고 한다. 술을 끊기 위해서는 술과 연관된 생활을 의식적으로 재설계해야 한다. 그것은 결의나 인내의 문제가 아니라 생활 계획을 하나부터 열까지 전부 다시 짜야 한다는 말로, 지성이 없는 인간에게 그 작업은 불가능하다고 했다.

그런데 실제로 해보니까 정말 그랬다. 그도 그럴 것이, 술 없는 인생을 처음부터 다시 설계하는 작업은 실제 문제로 봤을 때도 대단히 인공적인 영위營爲이지 않은가?

어쨌든 자연스럽게 행동하다 보면 어느새 술을 마시고 있다.

이것도 의사가 한 말인데 "알코올중독자는 여행을 가도, TV를 볼 때도, 음악을 들을 때도 모두 술과 함께하죠"란다.

그러니까 자신은 음악을 즐기는 중이라고 생각하지만, 사실은 술안주로서 음악을 향유하는 것이다. 이런 점을 고쳐야 하는데, 이 말은 술 없이 어떻게 음악을 즐길지 스스로 생각해야 한다는 것을 의미한다.

나는 "아아, 그런 뜻이군요"라고 대답했다. 확실히 음악을 듣거나 소설을 읽는 등의 행위는 전부 술과 세트니까 술 없이 음악을 들으면 별로 재미가 없다. 나중에는 음악을 온전히 즐길 수 있게 되었지만, 술을 막 끊었을 때는 음악이 불쾌할 정도로 지루하게 느껴졌다. 분명 술을 못 마시게 된 초조함을 음악에 전가한 면도 있을 것이다. 술을 마시고 싶은 기분을 '술 마시고 싶어' 같은 직접적 표현이 아니라 '음악이 따분해'처럼 다른 불만의 형태로 자각하는 일종의 속임수다.

실제로 그렇게나 좋아하던 비틀스와 롤링스톤스도 왠지 듣고 싶은 마음이 생기지 않았다. 또 술을 끊고 얼마간은 정

50에 인격이 붕괴되고, 60에 죽을 겁니다 …

말 좋아했던 야구도 보고 싶지 않았다. 흥미가 있고 없고의 문제가 아니라, 항상 술을 마시면서 봤으니까 술 없이 본다는 사실에 대한 이질감을 견딜 수 없는 것이다. 그래서 축구를 보기 시작했다.

술은 음악을 듣고
책을 읽는 방식을 바꾼다

음악도 재즈로 노선을 변경했다. 그때까지는 재즈를 전혀 듣지 않았다. 듣기는커녕, 오랫동안 적극적으로 싫어하는 음악이 있었냐고 누가 묻는다면 그게 바로 재즈였다.(웃음)

중학생 때 심야방송을 듣고 싶어 밤에 이어폰을 끼고 간신히 깨어 있었는데 〈나베사다와 재즈〉라는 방송이 흘러나왔고, 이 방송을 가만히 듣다 잠드는 일이 종종 있었다. 재즈풍 록이라면 어느 정도 들어줄 수 있지만, 모던 재즈나 하드 밥hard bop 같은 재즈를 들으면 왠지 모르게 초조해졌다. 클래식이 오히려 친숙했다. 그래서 바그너 같은 작곡가도 학생 때부터 비교적 좋아했다.

하지만 결국 술을 끊고 재즈를 듣기 시작했다. 이는 재즈를 좋아하게 되어서가 아니라 그때까지 별로 들은 경험이 없어 실망감이 덜했기 때문이다.

억지로 듣기 시작한 것이다.

빌 에반스나 마일즈 데이비스 같은 재즈의 정석을 꺼내

와 듣다 보니 '아아, 재즈도 꽤 좋네'라고 느꼈고, 그럭저럭 듣게 되었다. 그리고 그제야 비로소 술을 마시지 않고도 점점 음악을 즐길 수 있게 되었다. 물론 지금은 전혀 문제없다.

무서운 일이지만, 술은 책을 읽거나 음악 듣는 방식을 술의 형편에 맞춰 제멋대로 바꾸어놓기도 한다.

책도 알코올중독 말기 무렵에는 거의 시대 소설만 읽었다. 후지사와 슈헤이 전집, 이케나미 쇼타로 전권 같은 책들 말이다. 거의 역사물이었다. 하지만 금주를 시작한 뒤부터는 전혀 읽지 않았다. 최근에는 킨들Kindle로 구매해 다시 읽고 있지만 20년이나 가까이 멀리했다.

술안주로서의 독서는 술을 마시면서 조금씩 읽다가 마시면서 잠드는 역사물이 가장 잘 맞는다. 사무라이의 삶과 대사는 완전한 판타지가 아닌가? 그 느낌이 술의 리듬과 잘 맞았던 건지도 모른다. 술을 마시지 않게 되자 그러한 것과는 완전히 인연이 끊겼다.

술을 통해 보는
야구와 축구

야구는 한때 적극적으로 피하면서 아예 보지 않았다. 야구를 보고 있으면 왠지 불쾌했다. '아아, 또 야구잖아'라는 생각이 들었다. 항상 술을 마시면서 봐왔기 때문에, 야구를 볼 때는 몸이 술 마시는 리듬에 맞추어지는 것 같았다. 또 야구 시합은 지루하게 이어지니까 술을 마시면서 보기 딱 좋았던 건지도 모른다. 술을 끊고 난 뒤에는 그 지루함을 견딜 수 없었다.

반면 축구장에서 술을 마시는 사람은 없지 않은가.

이유는 한 시간 반 정도면 반드시 시합이 끝나기 때문이다. 딱 득점 순간에만 열광하고 게임이 끝나면 모두 재빨리 집으로 돌아가지 않는가? 하지만 야구장 관객은 다르다. 시합 중에도 시합이 끝난 뒤에도 모두 맥주를 마시며 느긋하게 즐기고 싶어 한다.(웃음) 뭐, 야구는 그런 느긋한 교제까지 포함된 오락이다. 미국에서는 '내셔널 패스타임National Pastime'이라고 부르기도 하는데, 그렇다면 이건 스포츠가 아니다. 패스타임, 즉 시간 죽이기다. 다 큰 아저씨들의 오락거리인 셈이다.

시합이 끝난 뒤 술을 마시러 가는 횟수도 야구가 훨씬 많다. 야구를 술안주 삼아 대화를 즐기는 면도 있어, 야구를 보러 간 사람은 시합 전이나 시합 중 쓸데없이 계속 나불거린다. "너 그거 알아? 가케후가 나라시노고등학교 유격수였던 시절에는 3루타가……"라면서 장황하게 지식을 늘어놓는다. 반면 축구팬은 시합 중에 거의 플레이에 집중한다. 수다를 떨거나 한눈을 팔면 순식간에 흐름이 바뀌어 골 넣는 장면을 놓치기 일쑤니까. 뭐, 축구는 그만큼 조급한 경기라고도 할 수 있다. 금주 전 나는 4년에 한 번 월드컵 때만 TV로 축구를 보는 관객이었다.

다만 술을 끊은 것이 1995년이고 J리그가 시작된 것이 1993년이었으니 타이밍이 딱 일치했다는 점도 한몫했다. J리그 개막 당시 나는 가시마 앤틀러스를 응원했다. 코임브라 지코가 유명했으니까. 즉 분위기에 휩쓸려 팬이 되었다. 그래서 지금도 우라와 레즈(정식 명칭: 우라와 레드 다이아몬즈) 팬들 사이에서는 조금 떳떳하지 못하다. 그도 그럴 것이, 우라와 레즈가 가장 약하고 힘들었던 시절 나는 챔피언 팀을 응원하는 적군 서포터였고, 우라와 레즈가 상승세를 보인 뒤 갈아타 응원하기 시작한 중도 팬인 셈이니까.

우라와 레즈를 응원하게 된 것은 1998년 오노 신지가 영입되고부터. 그런 의미에서 서포터 사이에서 나는 공식적으로 '철새'라는 인종으로 분류된다. 가장 천한 계급이다. 약소 시절에는 눈길도 안 주다가 세간의 주목을 받기 시작할 무렵 몰려든 팬으로, 우라와 레즈 팬 계층 안에서는 최하위다. 하긴 그런 취급을 받는 나도 J2 시절을 모르는 팬들한테는 가끔 설교를 한다.(웃음)

글쓰기와 관련해서도 "아아, 자네는 손으로 원고를 써본 적이 없군"처럼 말하면서 젊은 작가에게 압력을 가할 때가 있다. "처음부터 컴퓨터였지, 자네들은?" 이런 식이다.(웃음) 디자이너의 세계 같은 곳은 분명 더 노골적일 것이다. "나 때는 사진 식자라든가 포지티브 필름을 들고 뛰었어"처럼, 옛날에만 겪을 수 있는 거짓말 같은 고생담이 있지 않은가? 그리고 꼭 그 포지티브 필름을 전철 그물 선반에 놓고 내렸다는 사람의 에피소드가 전해진다. 바람직한 디자이너 혼의 형성 과정에 필요한 통과의례 같은 신화로서.

6일째

술을
마시지 않는 생활

약으로 연착륙시키다

의사에게서 '알코올중독'이라는 말을 듣고, 그때부터 약물치료를 시작했다.

2주에 한 번씩 약이 잘 듣는지 확인하면서 항불안제와 이를 보완하기 위한 항우울제를 복용했다. 항불안제를 먹으면 기분이 착 가라앉는 사람도 있다고 한다. 그리고 항우울제는 그 다운된 기분을 조금 나아지게 하는 역할을 했다. 그런데 나에게는 그 삼환계 항우울제의 효과가 꽤나 높게 나타났다.

그 약을 먹었을 당시는 스스로도 '술을 끊었던 시기'라기보다 '약발이 들던 시기'라는 느낌이 강했다. 그 후 점점 연착륙시키는 형태로 약을 줄였는데, 약을 중단한 뒤부터가 비로소 진정한 금주 기간이었다.

결국 약으로 어느 정도 시간을 번 것이 아닐까?

약을 복용하는 기간은 아마 꼭 필요했을 것이다. 갑자기 술을 끊으면 굉장히 괴로웠을 테지만, 금주와 관련된 육체

술을 마시지 않는 생활 …

적 의존과 정신적 초조함 등을 결과적으로 약으로 억제한 셈이다.

술은 의사가 알코올중독을 선고한 그날부터 마시지 않았다. 딱 한 번 맥주를 마신 적은 있지만. 금주한 지 1년 정도 지났을 무렵이었던 것 같다.

약은 처음 3개월 동안 집중적으로 처방하고 나머지 3개월은 점점 줄여가는 방식이었다.

나는 자각하지 못했지만 아내의 말을 빌리면 첫 3개월 동안 '상당히 기분이 좋은 상태가 지속됐는데, 가능하다면 다시 한 번 약을 먹었으면 하는 정도'라나. 어쨌든 명랑하고 쾌활하고 몹시 기분 좋게 지냈던 모양이다. 아침부터 부지런히 청소도 하고.

사실 약은 별개로 치더라도 나는 원래 아내보다 자주 청소하는 타입이었다. 두 사람이 한 집에서 한 공간을 공유하며 살다 보면 난잡함에 대한 내성이 약한 쪽이 굴복해 청소를 시작한다. 일종의 승부라고도 볼 수 있지 않은가? 아내는 그다지 정리 정돈을 좋아하지 않고 주거 환경이 어질러져 있어도 아무렇지 않은 사람이었다. 하지만 나는 어느 쪽인가 하면 설거짓거리가 산더미처럼 쌓여 있으면 진절머리를 치며 일어나 설거지를 시작하는 타입이다.

그런 의미에서 일본의 평범한 남자치고 청소나 설거지를 전혀 하지 않는 편은 아니었지만, 가사노동을 할 때의 내 모습은 노골적으로 심기가 불편해 보였다고 한다. 마치 시어머니 같다고나 할까. "이거 봐, 그릇이 벌써 이렇게나 쌓였잖아. 결국 설거지는 내가 하네"라고 중얼거리며 싫은 티를 팍팍 내는 여배우 야마오카 히사노처럼,(웃음) 며느리를 구박하는 고약한 심보의 시어머니 같은 느낌이었단다.

내 처지에서 말하면 갑자기 설거지를 하는 타이밍이란 원고가 잘 써지지 않거나 스케줄이 생각대로 풀리지 않을 때다. 그럴 땐 다른 작업을 할 수밖에 없기 때문에 설거지를 하면서 생각하는 것이다. 그러니까 기분이 좋지만은 않다. 내 일에서 도망친 셈이기도 하고, 설거지를 하지 않는 아내에게 일부러 보란 듯한 태도를 취하기도 했으니까. 양쪽 모두 그다지 좋은 의미는 아니지 않은가?

설거지를 하고 싶어서 하는 것도 아니고 마치 화풀이하듯이 집안일을 했다. 그 모습은 아내의 입장에서 보면 '아아, 정말 귀찮아 죽겠네' 이런 느낌이었을 것이다. 하지만 약을 복용했을 당시는 실제로 기분 좋게 청소를 했고, 집 안이 깨끗해지면 "와아, 깨끗해졌네!"라고 말하며 즐거워했다.

'오다지마'를 조금 긍정적이고 적극적이며, 밝고 기분 좋게 만든 사람

그 무렵에는 정말 부지런해서 노트할 때도 시스템 수첩을 사다가 물건 가격 같은 것들을 전부 깔끔하게 메모했다. 당시 썼던 메모가 남아 있는데 정말 재밌다. 너무나도 다른 사람 같아서.

이구아나를 입양할 때도 여러 펫샵의 가격을 메모해 어디에서 살지 검토한 뒤 결정했다. 심지어 샤쿠지이石神井나 도코로자와所沢, 이케부쿠로池袋 등에 실제로 가서 직접 눈으로 확인도 했다. 인터넷 검색이 없던 시절이니 말이다. '내일은 샤쿠지이에 있는 가게를 체크해보자' 같은 느낌으로 두루두루 조사하는 것이 즐거웠다.

이구아나 집도 직접 만들었다. 지금 생각하면 믿을 수 없다. 내가 그런 일을 하다니. 목재를 준비하고 아크릴판을 사와서 수성 도료로 재료에 색을 입혔다. 정말 부지런했다. 태어나서 그렇게 부지런했던 적은 이전에도 이후에도 없다. 딱 그때뿐이었다.

말도 못하게 적극적이었다.

웃긴 일도 있었는데, 나는 기억하지 못하지만 근처에 사는 번역가 후루야 미도리 씨한테서 들은 일화다. 나는 다독가인 그녀에게 '게으르니까 책 따위를 읽는 거다'라고 말했다고 한다. "오다지마 씨한테서 '책 따위를 읽는 건 게으르기 때문이에요'라는 말을 들었지 뭐예요"라나.

요컨대 나는 책보다 현실감 있는 실생활 쪽이 훨씬 재미있다고 생각한 모양이다. 그래서 "실제로 거리를 걷고 가게에 구경도 하러 가고, 직접 눈으로 실제 세상을 보러 다니는 쪽이 훨씬 재미있잖아. 책을 보는 녀석들은 게으름뱅이야"라고 주장했다. 굉장한 발언이지 않은가? 일리는 있지만 내가 말했다고 생각하면 조금 무섭기도 하다.

완전히 다른 사람이 된 건 아니지만, 다나카 선생은 이른바 '오다지마'를 조금 긍정적이고 적극적이며 밝고 기분 좋게 만든 사람이다. 그대로 쭉 약을 복용했다면 어찌 되었을

지 모른다.

딱 그맘때쯤 옴진리교 사건이 있었다. 신도들이 향정신제로 세뇌를 당했다느니 하는 이야기로 화제였다. 나는 당시 인간이란 화학물질에 의해 단순히 기분의 좋고 나쁨뿐 아니라 인생관까지 완전히 바뀔 수 있다는 사실을 몸소 체험했기 때문에, 있을 수 있는 이야기라 생각하면서 사건을 관망했다.

비록 약을 끊고 나니 도로아미타불, 완전히 전과 같은 사고방식으로 돌아갔지만 말이다.

하지만 술을 마셨을 때 느꼈던 정체불명의 우울증은 마치 씻어낸 것처럼 말끔히 사라졌다. 그건 정말 신기하다. 다만 아즈마 씨는 그렇지 않았다고 한다. 그는 이탈 증상 자체는 그렇게 우울하지 않았지만 자살은 몇 번이나 시도했다고 한다.

술을 끊고
딱 한 번 맥주를 마신 날

술을 끊고 1년 뒤 딱 한 번 맥주를 마신 적이 있는데, 그 날은 S사의 N 사장과 어떤 협의를 하려고 만난 날이었다. 내가 금주 중이라고 이야기하자 "오다지마 씨, 무슨 소리를 하는 겁니까?"라고 말했다. N 사장은 대주가였으니까. 술을 마셨던 시절에는 N 사장과도 여러 번 같이 술을 마시러 다녔다. 인사불성이 된 채 신주쿠 골든가이°에서 평론가이자 경제학자인 니시베 스스무와 격론을 펼치기도 했다.

N 사장의 입장에서는 분명 내가 좋은 술친구였을 것이다. 그래서 그런 내가 술을 끊은 게 아쉬웠던 모양으로 "모처럼 나하고 만났는데 술을 안 마시다니 실례예요"라고 말했다. '실례'라는 말까지 들었다.(웃음)

"끊었어도 조금은 마셔도 괜찮으니까, 맥주 정도만 마시면 되잖아요."

° 일본 도쿄도 신주쿠 구청과 히나조노 신사 사이에 있는 좁은 골목으로, 1950년 대의 모습을 그대로 재현한 술집 200여 개가 밀집해 있다.

"아니요. 의사가 말하기를 알코올중독은 결코 낫는 병이 아니래요. 알코올중독자가 술을 끊은 상태는 언덕길에서 공이 멈춰 선 상태와 비슷해서, 술을 마시지 않는 기간 동안 잠정적으로 '금주 중인 알코올중독자'가 되는 것에 불과하다고 하던데요."

결코 평지로는 갈 수 없고 경사도 달라지지 않는다.

"환자분께서 술을 끊거나 알코올중독을 완전히 치료하는 일은 결코 불가능할 겁니다. 그렇지만 '금주 중인 알코올중독자'로서, 그 상태를 계속 유지할 수는 있을지 몰라요."

이것이 이 세계에서 흔히 듣는 말이다. 오늘은 술을 마시지 않았다, 내일 일은 어찌 될지 모르지만 내일도 한번 끊어보자. 이런 식으로 매일 지속해나간다. 그렇게 생각하지 않으면 정말 못 해먹겠는 시기도 있다.

"저는 지금 언덕길에 멈춰 선 공인데, 그 공을 지금 N 사장님이 굴리려고 하는 겁니다"라고 말했지만 "뭐 마셔보면 알 거 아닙니까. 우선은 해봐야 알지요"란다. 그렇게까지 말한다면 한번 마셔볼까, 라고 생각했다……. 맥주 대여섯 병 정도를 마셨다. 하지만 그러는 동안에도 '이러다 큰일 나는 거 아니야?'라며 계속 긴장했다. 그래서 전혀 취하지 않았다. 그리고 집에 돌아오자 아내가 무서운 기세로 화를 냈다. 당연하다. 이래저래 다음부터는 먹지 말자고 다짐했고, 그 후 술을 마신 일은 없다. 아직까지는.

방 네 개가 두 개로 줄어들다

술을 마셔도 전혀 기분이 좋지 않았다.

그때부터 '술을 마셔버렸어!'라며 후회하는 꿈을 지독하게도 꿨다. 지금도 가끔 꾼다. 금연한 다음부터는 담배를 피우는 꿈도 꽤 꿨는데, 술에 관한 꿈을 더 자주 꾼다. 신체적 의존은 담배 쪽이 더 확실하지만, 술은 뭐랄까 정신적으로 깊게 관여되어 있는 느낌이다. 의존의 질이 다른 것이다.

끊으면 몹시 안절부절못하고 없으면 초조해지는 증상은 아마 담배 쪽에서 더 심하게 나타날지 모른다. 하지만 담배가 없어도 생활은 성립된다. 끊으면 여러 의미에서 상쾌해진다. 괴로운 이탈 기간만 잘 극복한다면 담배나 라이터 따위를 휴대하지 않아 편하고 그 외에도 장점이 훨씬 많다.

담배를 끊고 나서 조금 아쉬운 점은 무언가를 일단락 지었을 때 담배를 피우며 한시름 놓던 기분을 다른 것을 통해서는 얻을 수 없다는 점이다. 그냥 그 정도다. 그 외에 백 중 아흔아홉은 좋은 점뿐이다.

하지만 금주와 관련해서는 장단점을 종합적으로 생각했을 때 틀림없이 장점이 더 많겠지만, 그렇다고 잃는 것이 없지는 않다.

예를 들어, 내 인생에 네 개의 방이 있다. 그중 두 개는 술을 놓아두었던 방으로, 그곳에는 이제 들어가지 않기로 했다. 그래서 방 두 개로 생활하는 기분인데, 한마디로 인생이 편협해졌다. 술뿐 아니라 술과 관련된 것들을 통째로 내 인생에서 배제하기로 했으니까 이것이야말로 위를 3분의 2 절제한 사람의 인생과 마찬가지로, 많은 것이 사라졌다는 느낌이 드는 것은 확실하다.

4LDK 집에서 방 두 개로 생활하는 것과 비슷한, 특유의 적적함이 느껴진다.

'주정뱅이'라는 역할의 편리함

알코올중독자가 아니라 평범하게 술을 마시는 사람이라도 인생에서 술을 없애면 아마 꽤 많은 것을 잃게 될 것이다. 하물며 알코올중독자는 인간관계 대부분이 술과 연관되어 있고 많은 일을 술로 채우고 있으니 더 말해 무엇하랴.

예를 들어, 입식 파티에 갔는데 아는 사람이 없어서 뭘 하면 좋을지 몰라 무료하게 서 있을 때가 있지 않은가? 그렇다고 해서 지인에게 사람을 소개받아 명함을 건네며 인사하는 것도 귀찮다. 그러니까 이런 파티는 좋은 일이 하나도 없다고 생각해 지금은 그냥 집에 돌아오지만, 예전에는 그냥 술을 마셔버리면 장땡이었다.

술이 어디 있으려나 생각하면서 연회장을 돌아다녔다. "아, 위스키가 있네. 맥주도 있어" 술을 마시고 기분 좋게 취해버리면 그만이다. 그리고 나면 이제 내 세상이다. 아는 얼굴을 찾아내 "○○ 씨, 이게 얼마 만이에요!"라고 말하며 정말이지 친한 척을 하면서 인사도 여유롭게 나눈다.

술을 마시면 '나는 당신보다 더 취했어요'라는 설정으로 다른 사람을 대할 수 있다는 점이 편리했다.

"오다지마 씨, 꽤 드신 것 아니에요?", "어떻게 아셨어요? 이걸 대여섯 잔 마셨거든요" 같은 대화를 나누면서 '대여섯 잔 마신 사람'으로서 발언하면 되니까 조금 엉뚱한 소리를 해도 괜찮다.

그래서 슈에이샤 사람에게 《점프》 따위 그만둬도 되잖아요?" 같은 말을 아무렇지도 않게 했다.(웃음) 뭐, 맨정신으로는 할 수 없는 말이다. 술 취한 설정이니까 했지. 그래서 "오다지마 씨, 요전번엔 정말 말도 안 되는 소리를 하셨어요"라는 말을 나중에 들어도 "그랬나요? 잊어주세요"라고 말하는데, 사실은 다 기억하고 있다.

• 정식 명칭은 《주간소년 점프》로, 일본 출판사 슈에이샤(集英社)에서 발행하는 주간 소년 만화 잡지다. 1968년에 창간되었으며 50년 이상 인기리에 간행을 이어 가고 있다.

'주정뱅이'라는 역할의 편리함이란, 주변에서 '저 사람은 술만 들어가면 저렇다니까'라고 취급한다는 사실에 대한 편안함이다. 외교관의 특권과도 같은 치외법권이다.

지금은 입식 파티에 전혀 가지 않지만 맨정신으로 가면 그것만큼 시시한 것도 없다. 차갑게 식은 로스트비프나 하몽 등 어떻게 먹어도 맛없는 음식들을 접시에 담고, 아는 사람은 있지만 딱히 친한 것도 아닌데 "요즘 어떠세요?", "조금 후덕해지셨네요", "쓸데없는 참견이시네요" 같은 대화만 하지 않는가? 그렇게 한두 시간 정도 시간을 때우고 빙고 게임에서 이겼느니 마느니 하며 조금 요란을 떨다가 집에 돌아온다. 이제 파티는 정말 질색이다.

술을 마시지 않는 생활 …

날개 잃은 새한테 물어보면
알려줄 거야

———

입식 파티 같은 자리에서 술이란 완충재라고나 할까. 종이 상자를 만들 때 풀칠을 위해 남겨놓은 여백 같은 존재다. 그런 존재가 사라진다는 것은 세상을 살아감에 있어 상당히 괴로운 일이다. 담배는 단순한 습관에 불과하다. '담배 피우는 사람이 하는 소리니까'라면서 흡연자의 일탈이 허용되는 일은 없지 않은가.

담배는 인간관계를 원활하게 하는 마법의 도구로서는 별 도움이 되지 않는다. 하지만 술은 그게 가능하다. 뭐랄까, 알코올은 원래라면 크게 재미있지도 않을 인간관계를 활발하게 만들어준다. 연애나 비즈니스, 혹은 칼로 물 베기라 일컬어지는 부부 싸움 같은 상황에서조차 말이다.

사람과 절충해야 하는 장사는 제법 술자리 교류까지 포함해 움직이는 경우가 많다. 출판 기획을 할 때도 "취했으니까 하는 이야기인데요" 같은 발언을 하며 협상의 제일 중요한 부분을 결정하기도 한다.

'독설'도 술을 마신 뒤 나타나는 캐릭터 같은 것이다. 술과 한 세트가 되어야 비로소 가능한 인격 표본인 셈이다.

또 술을 마신 뒤 하는 독설은 어느 정도 재미있어하지만, 맨정신으로 독설을 하는 사람은 단순히 거북하게 여긴다. 야구부 에이스가 야구부를 그만둔 뒤의 모습을 보면 일반인은커녕 '몹쓸 녀석'이 되어 있고는 하지 않은가? 그런 의미에서 술을 끊은 뒤에 어떤 인격으로 살아갈지 즉, 집단이나 관계성 안에서 어떤 위치에 자리하면 좋을지 결정하는 것은 굉장히 어려운 문제다.

나는 한때 여러 사람에게서 "술을 끊으면 어떤 기분인가요?"라는 질문을 질리도록 받았다. 그래서 어떤 원고에 '술을 끊은 남자의 기분을 알고 싶다면, 날개 잃은 새에게 물어보면 알려줄 것이다'라고 썼다. 또 물고기가 전혀 헤엄치지 못한다면 어떻겠는가, 라고도 썼다.

술을 막 끊었을 무렵에는 그 정도의 심정이었다. 뭐랄까,

얼마 전까지는 하늘을 날아 이동했던 거리를 일부러 두 다리로 걸어가는 것 같은 불편함을 느꼈다. 그래서 "어때? 금주는 순조로운가?"라는 질문을 아무렇지 않게 하는 녀석에게는 "너도 내일부터 왼손으로 골프를 쳐보면 내 기분을 조금은 알걸"이라고 대답해줬다.

실제로 술을 끊고 참 막막한 경우는, 별일은 아니지만 '동창회에 가서 어떻게 하지?'처럼 자문자답할 때다. 이건 지금도 그렇다. 가서도 어떻게 처신해야 할지, 어떻게 행동하면 좋을지 아직 잘 모르겠다.

새로 알게 된 사람이 술을 마시지 않는다면 괜찮지만, 기본적으로 술을 마시며 사귀어왔던 사람과는 교류 자체가 줄어든다. 이제 와서 "자, 오늘부터는 술을 마시지 말고 교류합시다", "그럼 어떤 이야기를 하면 좋을까요?"라고 할 수도 없는 노릇이고, 그런 식으로 상황 자체가 바뀌는 것도 이상하다. 다음에 이 근처에서 물이라도 한잔하죠, 라고 말할까? 도대체 다 큰 성인 남자가 테이블을 사이에 두고 물을 마시면서 무슨 이야기를 한단 말인가?

술을 끊은 뒤 알게 된 사람과는 여전히 교류를 이어가고 있지만, 그전에 알던 사람들과는 더 이상의 교류가 어려워졌다. 술을 끊고 알게 된 사람과의 교류를 더 소중히 여겨야 한다는 생각도 든다. 내 일이지만 참 어색하다. 지금까지의 과거를 버려야 하는 상황이지 않은가. 이건 머리로 계속 의식하지 않으면 불가능하다.

가식이라고 말할 필요까지는 없지만…… 결국 그동안 너무 많은 것을 술에 의존해왔다는 의미다. 분명 알코올중독이 아닌 사람도 그런 식으로 생활하는 사람이 꽤 많을 것이다. 귀찮은 일을 전부 술 탓으로 돌리는 행동은 특히 남자라면 자주 사용하는 방법이니까.

금주가 익숙해진 건
담배를 끊고 난 뒤부터

대한민국과 일본에서 개최된 2002년 월드컵 때쯤부터 겨우 '아, 내가 술을 끊었구나'라고 실감했던 것을 기억한다. 1995년에 금주를 시작했으니까 딱 7년째 되던 해였다.

그전에는 끊는 중이라는 느낌이 계속 들었다. 1995년부터 2002년까지 7년 동안은 계속 원래 술을 마시던 인간이 술을 잠시 중단한 상태라고 느꼈다. "내 기분이라면 날개 잃은 새에게 물어봐." 이게 바로 당시 내가 자주 하던 이야기로, 계속 그런 생각을 하고 있었다.

2002년에 담배를 끊었다. 의외로 간단히 금연에 성공했다. 담배는 육체적인 이탈 증상 기간이 괴로울 뿐 그다음부터는 별것 아니구나, 라고 실감했던 기억이 난다.

담배와 비교하면 술을 끊는 쪽이 훨씬 힘들다고 느끼면서, 그러니까 더더욱 '어쨌거나 나는 그렇게나 좋아하던 술도 끊었으니까 금연 따윈 일도 아니다'라고 생각하며 담배를 끊었다. 아무튼 내가 술을 끊었다고 생각한 것은 담배를 끊고 난 뒤부터였던 것 같다.

다만 담배를 끊고 10킬로그램 정도 살이 쪘다. 담배를 끊을 때 찾아봤던 웹 문헌 중 '금연의 커다란 적 중 하나는 비만이다'라는 문구가 있었다. 금연을 시작한 사람 중 꽤 많은 수가 반동으로 음식에 집착하게 되어, 금연 후 두세 달 만에 5~6킬로그램이나 찐다고 한다. 그래서 살이 5킬로그램 쪘다는 이유로 금연을 단념하는 경우가 많다.

그러니까 살이 찌는 건 신경 쓰지 마라. 1년 동안은 아무리 살이 쪄도 담배를 끊는 일에만 전념하고, 그런 다음 감량을 시작하면 된다는 이야기다.

그 글을 읽고 딱 들어맞는 소리라고 생각해 어쨌든 10킬로그램이 쪘지만 몸무게는 신경 쓰지 않고 일단 금연에 성공했다.

이런 과정을 거치면서 금주, 금연, 감량은 상당히 비슷하지만 조금씩 차이가 있다는 사실도 깨달았다.

가짜 인생을 견딜 수 있는가

큰 틀에서 보면 우리는 결국 무언가에 의존하고, 자신의 사정에 따라 그 의존 대상을 극복해나간다.

그런 의미에서 감량은 비교적 간단하지만 요요현상을 겪지 않는 것은 굉장히 어렵다고 하는, 수수께끼 같은 이야기가 성립된다.

감량에서 성가신 점은, 먹는 것을 참으면 분명 살은 빠지지만 무언가를 참아내는 인생은 진정한 인생이 아니라는 점이다. 이는 술과 비슷하다.

적어도 주관적으로 봤을 때 감량 중인 인생은 가짜 인생이다.

그렇다면 감량에 일단 성공했다 치고, 그 감량 중인 가짜 인생을 언제까지 참아낼 수 있는지가 다음 과제로 남는다. 과연 그런 인생을 견뎌낼 수 있겠는가! 어쨌든 온종일 칼로리를 의식하면서 '나는 참고 있는 중'이라고 매일 자각하며 보내는 인생은 너무나도 시시하다.

10킬로그램 감량에 성공한 순간, 마음만 먹으면 10킬로그램 정도는 뺄 수 있다는 사실이 입증되지 않는가? 그러면 지금까지 해온 고생에 진절머리가 나서 당분간은 좋아하는 음식을 마음껏 먹자는 마음이 생긴다. 하지만 그러면 다시 살이 찐다. 결국 살을 뺄 때 계속 참아가며 식사하던 습관을 살을 뺀 이후에도 극히 자연스럽게 지속할 수 있는 인생관을 찾아내 자신 안에 정착시켜야 하는데, 그 점이 어렵다.

참고 있다는 설정이면 평생 참아야 한다.

이것은 있을 수 없는 일이다.

저칼로리 음식을 스트레스 없이 먹으며 사는 방법을 생각하거나, 운동을 습관화해서 운동이 즐겁다고 믿으며 살거나.

그러니까 술을 끊는 것과 상당히 비슷하다.

금주도 단순히 '나는 술을 참고 있는 중이다'라고 생각하면 감량과 마찬가지로 반년 정도밖에 지속할 수 없다. 그게 아니라 '술을 안 마시는 대신 나는 이걸 시작했지'처럼 술

외의 무언가로 자신의 인생을 재설계하는 방법을 고안해내
야 한다. 거창하게 말하자면 말이다.

'미국에 가면'과
'어차피 죽을 텐데'

술에만 국한된 이야기는 아니지만 우리에게는 역시 어딘가 '빠져나갈 구멍'이 필요하다.

특히 나 같은 부류의 인간은 애초부터 다루기가 어렵기 때문에 금방 심통을 내는 스스로를 달래기 위한 방법이나 수단이 없으면 다른 사람 또는 사회, 일에 관해 생각하기 이전에 이미 자기 자신과 잘해나갈 수가 없다.

즉, 선천적으로 제멋대로인 인간은 남들이 보기에 하고 싶은 말을 다 하며 맘 편하게 사는 것처럼 보이겠지만, 본인으로서는 자신의 기분을 좋게 유지하는 것만으로도 꽤 고생을 한다. 그러니까 판타지든 술이든 자신이 흐트러질 수 있는 곳 또는 마음을 놓을 수 있는 심리적 속임수를 가지고 있지 않으면 견디지 못한다.

어디까지나 머릿속에서 생각한 설정이었지만 20대 전반까지는 미국이라는 나라가 나에게 있어 유일하게 빠져나갈 구멍이었다.

젊은 사람이라면 누구나 많든 적든 간에 일이 잘 풀리지 않거나 누군가에게 억압받는 등 그때그때 개인적인 문제에 직면해 있다. 젊었을 때는 '나는 일본에 있으니까 안 되는 거야. 세상 어딘가에 미국이라는 나라가 있는데, 그곳에 가기만 하면 나는 마음껏 나다운 인간으로서 날개를 펼칠 수 있어'라는 이야기를 설정함으로써 문제들을 머리 밖으로 쫓아낼 수 있었다. 미국은 1960~70년대 젊은이들에게 그런 나라였다.

그래서 그 시절 많은 젊은이가 실제로 가고 말고와는 상관없이 '이 인색하고 쪼잔한 일본이라는 나라에서 지금은 머리 나쁜 과장, 근성 없는 부장한테 말도 안 되는 억압을 받고 있지만, 미국에 가기만 하면 반드시 길이 열릴 거야' 정도의 망상을 했다.

실제로 미국이 모든 소망을 이루어주는 꿈의 나라인지 아닌지는 모른다. 하지만 '아메리칸 드림'이라는 말의 실질

적 의미는 그런 것이다. 요즘 이 미국 이야기는 굉장히 움츠러들었다. 아마 요즘 젊은 사람들에게 물으면 "미국에 가면 어떻게든 된다니, 바보 아니에요?"라고 말하지 않을까? 뭐, 완전히 맞는 말이다. 하지만 그렇게 맞는 소리를 하는 그대들은 괴롭지 않은가, 하고 나는 궁금해진다.

나는 미국에 가면 어떻게든 될 거라고 반 정도는 진심으로 생각했다.

미국에는 멋들어진 음악과 훌륭한 영화가 있고 자유로운 사람들이 마음 편히 생활하며, 재능 있는 인간이 미국에 가면 인종이나 피부색과는 상관없이 모두가 양팔을 활짝 벌리고 따뜻하게 맞아준다는 이야기가 있었다. 그래서 그런 이야기를 어딘가 마음 깊은 곳에서 믿고 있었던 모양으로, 현실의 불안에서 벗어날 수 있는 잠정적인 출구로서의 기능을 무시할 수 없었다.

하지만 미국도 결국 환상에 불과하다면 '그럼 도대체 우리는 어디에서 꿈을 펼치면 되는가?' 하는 문제가 남는다.
대신할 곳을 찾는다는 건 간단한 일이 아니다. 그래서 젊었
을 때 내가 계속 품었던 역전의 시나리오랄까 마술적 사고
에는 두 장의 카드가 있었는데, 그중 하나가 미국이고 나머
지 하나가 자살이었다. 정말 바보 같은 이야기이지만, 진짜
니까 어쩔 수 없다.

　후자는 애당초 술에 끌려다니기 쉬운 카드였다.(웃음)

　정리 안 되는 여러 문제를 생각할 때, '언젠가는 미국에
가고야 말겠어', '언젠가 죽어버릴 거야'라고 생각하며 문제
나 귀찮은 일들을 뒤로 미뤄버리면 일단 성공이다. 하지만
그렇게 당면한 문제를 미루면 미룰수록 해결은 멀어지니까,
미국으로 출발하거나 자살을 결행하는 날짜를 앞당기기만
할 뿐이다.

　그래서 그 방법을 쓸 수 없게 되면 당분간 사고를 중단하
기 위한 스위치로서 일단 알코올 쪽으로 빠져나갈 구멍을

만들기 시작한다. 한번 이쪽으로 빠지면 그 사이클에서 빠져나오기 어렵다. 심지어 사이클이 깊어질수록 더는 원래의 몸으로 되돌아갈 수 없다.

원래 '알코올 사이클'이란 연속음주발작부터 다음 연속음주발작이 일어날 때까지 나타나는 반복된 패턴을 가리키는 용어다. 하지만 개인적으로는 알코올중독자의 사고 패턴을 설명할 때 사용해도 괜찮지 않을까 싶다. 개미지옥이라는 말에는 왠지 저속한 이미지가 있지만, 실제로 인간이 저지르는 실패란 저속한 것이다. 심각하면 할수록 더더욱.

알코올중독
예비군들에게

마지막 계산 때 술값을
낼 수 있게 되다

술을 끊은 뒤 좋아진 점도 많지만, 돌이켜 보면 술을 마시면서 차단해왔던 것들도 매우 많다.

우선 다른 사람과 이야기할 때 먼저 술을 마시고 취해버리면 이야기를 듣지 않아도 되었다. 하지만 술을 마시지 않으면 어느 정도 다른 사람의 이야기를 듣고 화제에 참여해야만 한다. 예전에는 그게 싫어서 일단 무시했는데 이제는 어느 정도 대응하게 되었다. 그런 의미에서는 조금 제대로 된 인간이 된 것 같다.

알코올중독자들은 이르든 늦든 '나는 술쟁이다'라고 자기선언을 하며 이를 무기로 삼는다. 그리고 주변에서도 '저 녀석은 술꾼'이라고 학습한 뒤 그렇게 취급한다. 또 술쟁이는 이를 받아들이고 그 태도를 유지함으로써 하나의 폐쇄된 커뮤니티가 형성된다. "오다지마 씨는 정말 어쩔 수 없다니까"와 같은 취급이 일종의 고정된 상태로 통용되는 부분이 있었다.

예를 들어, 간사는 절대 맡기지 않는다거나, 차 운전은 저 녀석은 제외라거나. 무리에서 대체로 이런 특색을 띠는 존재로 바뀌어간다. 젊었을 때부터 계속 그렇게 지내온 덕에 태어나서 지금까지 간사나 총무 같은 직함을 맡은 적은 단 한 번도 없다. 심지어 누가 저 녀석을 바래다줄 것인가, 하고 마시기 전부터 논의되고는 했다. 술을 마시지 않을 때까지 항상 남을 힘들게 하지는 않았지만 '곤란한 인간'이라는 고정관념과 그런 식의 교류에 스스로 적응해서, 확실히 그 안에서 내 캐릭터를 만들고 있었다.

　곤란한 인간으로 계속 있으면 좋은 점과 나쁜 점이 있다. 다만 그 캐릭터가 사라지니 마지막 계산 때 제정신으로 내가 내야 할 금액을 어느 정도 예측하고 돈을 내느니 마느니, 누구 몫까지 내느니 하는 귀찮은 일을 생각하면서 대응하게 되었다. 그런 의미에서 다시 한 번 제대로 된 사회인이 된 기분이다.

오늘 외출하기 전에 우연히 TV를 봤는데, 의족을 한 가부키歌舞伎[●] 배우가 나왔다. 발끝이 골절되었는데 통증을 참아가며 무대에 섰더니 골절된 부분이 괴사해서 조직이 죽어버렸다고 한다. 그래서 결국 무릎 아랫부분을 절단하고 의족을 차게 되었는데, 의족을 어떻게든 극복해내고 지금은 다시 가부키 무대에 섰다는 내용의 인터뷰였다. 그 이야기를 들으면서 술을 끊었을 때의 일을 조금 생각해보았다.

다리가 없어진 덕에 무대에 서는 감사함을 알게 되었다는 이야기였는데, 뭐 듣기 좋은 소리로 치부하면 그만이지만 본인은 본인의 생각을 이야기한 것에 불과할 뿐 남들에게 군이 듣기 좋은 소리를 늘어놓은 것은 아니라고 생각한다. 지금까지는 아무렇지 않게 무대에 섰는데, 무대에 설 수

●일본 고전 연극의 하나로, 노래와 춤, 연기가 함께 어우러진 공연예술이다. 일본의 전통 연희 중에서 가장 대중적이고 널리 알려졌으며, 현재 일본 중요무형문화재이자 세계무형유산에 등록되어 있다.

없는 기간이 생긴 것이다. 갑자기 다리 한쪽이 없어지기는 했지만, 의족을 차고 조금씩 생활이 가능해지고 어쨌든 역할에 상관없이 무대에 서서 가부키를 할 수 있다는 사실은 자신에게 진정으로 고마운 일이며, 감사함도 깨달았다고 한다.

　술을 끊으면 조금 비슷한 감회를 느낄 수 있다. 다리를 잃은 사람만큼 심한 상실감에 직면하는 것은 아니지만, 지금까지 당연하게 해온 일들에 감사함을 느낀다는 의미에서.

단순화에 대한 욕망

왜 술을 마시는지 이유를 하나하나 생각하면서 마시는 건 거짓말이라고 전에도 이야기했다. 그래도 굳이 경향적인 이유를 들자면, 술을 마시는 사람 모두에게 해당하는 이야기는 아니지만 알코올에 쉽게 의존하는 인간에게는 이미 사물을 단순화하고자 하는 욕망이 내재해 있다는 생각이 든다.

3년 전쯤 '낮에는 먹지 않는 다이어트'를 해서 10킬로그램 정도 살을 뺀 적이 있다. 표준적인 다이어트는 보통 음식으로 섭취하는 칼로리를 하나하나 적산하고, 이와는 별도로 기초대사와 운동으로 소비하는 에너지를 계산해서 데이터를 하루하루 쌓아가는 방식일 것이다. 제대로 실행만 한다면 이 방법이 가장 합당하고 적절한 다이어트법이라는 사실은 이런 나조차도 알고 있다.

그렇지만 '낮에 먹지 않는' 방식은 정말 간단하지 않은가? 이런 방법이라면 나도 충분히 할 수 있다. 나쁜 아니라

'사과만 먹는 다이어트'처럼 단순한 다이어트가 유행하는 이유는 살이 찐 사람이 싫어하는 것은 다이어트가 아니라 생각하는 것이기 때문이다. 계산식과 표를 만들어 '레코딩 다이어트'로 살을 빼자, 이처럼 죽을 만큼 귀찮은 짓을 할 바에는 단순히 먹는 걸 참는 기아 다이어트를 하겠다는 사람이 의외로 많다. 하기야 그런 귀차니즘에 걸린 사람들은 결과적으로 요요현상이 찾아와 다시 살이 찌지만.

세상의 30퍼센트 정도는 생각하는 것을 정말 싫어하는 사람으로 구성되어 있는데, 술을 마시는 사람도 아마 그 그룹의 멤버로 들어갈 것이다.

《종아리를 주물러라》 같은 별 시답지 않은 책도 있지 않은가? 그런다고 인생이 달라질 리 없는데도 이런 단순한 지침을 원하는 사람이 몇 백만 명이나 된다. '종아리를 주무르면 인생이 달라진다', '장지갑을 가지고 다니면 인생이 풀린다' 등 지극히 단순하고 간편한 지침을 열심히 실천하면 그

것만으로도 인생의 길이 열린다. 거짓임이 분명하지만 만에 하나 사실이라면 이는 정말 대단한 일이지 않은가?

알코올중독 예비군들에게 …

계획 짜기를 싫어하는 사람은 요주의!

그런 사람들에게 할당량 자체는 조금 버거워도 상관없다.

세상에는 매일 아침 조깅을 10킬로미터씩 하는 사람들이 있다. 10킬로미터를 달리는 괴로움이란 그 사람들에게는 별것 아니며, 그들은 그저 여러모로 생각하기 싫어할 뿐이다. 나도 아마 그쪽 부류인 것 같은데, 그래서 공부 같은 것은 기본적으로 하지 않는다.

아니, 공부를 하지 않는다는 말은 조금 틀리다. 공부 그 자체보다는 학습 계획을 짜는 것이 정말 싫다.

옛날부터 그랬지만 꼼꼼하게 학습 계획을 세워 자신의 성적을 고려하면서 공부 방식을 바꾸는 것은 생각만 해도 토가 나올 것 같다.

하지만 '어쨌든 죽을 때까지 이 단어장을 통째로 암기해야 한다' 같은 과제가 외부에서 주어지면 의외로 이건 또 가능하다. 나는 고등학교에 다니는 3년 내내 입시 공부를 비롯해 한순간도 공부하지 않았는데, 정말이지 심각한 상태였다. 재수를 선택한 뒤 "자, 시작해볼까" 하고 공부를 시작했는데, 그날부터 하루에 13시간씩 공부하며 굉장한 기세로 내용을 통째로 암기해버렸다. 그랬더니 성적이 쑥쑥 올라 대학에 합격했지만, 합격 후 다시 공부하지 않게 되었다.

왜 이렇게 극단적으로 치닫느냐 하면, 내가 딱히 극단적인 인간이어서가 아니라 그때그때의 생활이나 삶의 방식에 맞추어 생각하는 것이 매우 싫기 때문이다. 요컨대 인공적이거나 습관적인 지침을 따르는 쪽이 훨씬 편하다.

술을 마시는 행위는 이렇듯 계획 짜기를 싫어하는 인간이 쉽게 의존하는 삶의 방식이다. 여러 상황에서 '뭐, 일단은 마시고 볼까'가 좋은 계획처럼 보이는 것이다. 나쁜 아니라 인간은 인생을 단순화하고 싶어 하는 꽤 강렬한 욕구를 안고 살아간다. 예를 들어, 염불 같은 것도 단순화의 표본이지 않은가?

'나무아미타불'이라고 말만 하면 된다. 그러면 극락왕생한다.

멋지지 않은가?

우리 같은 아마추어들이 어떻게 해서 극락왕생하는 거냐고 물어도 일단 그런 논리조차 필요 없다. 이유 같은 게 있을쏘냐. 신란親鸞*이나 석가모니는 그런 조악한 대답을 들려주지만 어떤 부류의 인간은 '이유 같은 게 있을쏘냐' 부분에서 머리를 한 대 얻어맞는다. 어쨌든 이유나 논리 따위에는 진절머리가 나 있으니까.

순례자도 마찬가지다. 순례하는 동안은 아무것도 생각하지 않아도 된다. 보통 다음은 어느 절을 갈까 정도만 생각하지 않는가? 걷는 것은 분명 괴롭겠지만 생각하지 않아도 된다는 점이 편할 것이다.

생각하는 걸 그렇게 싫어하는 인간이 왜 칼럼니스트가

---

* 1173~1262. 일본 가마쿠라 시대의 불교 승려로 정토진종(淨土眞宗)의 창시자다.

되었냐는 소리를 들을 것 같지만, 어쨌든 나는 계획 짜는 일에 매우 서투르다. 즉흥적으로 무언가를 할 수도 있고 단순한 과제가 주어지면 그 과제를 해결할 능력은 된다. 하지만 계획을 짜는 일은 절대적으로 불가능하다. 술은 그런 사람의 마음속을 파고든다.

홍차와 녹차,
커피 원두 전 종류를 제패하다

―――

딱히 집착하는 성격은 아니지만 무언가를 시작하면 그것
만 하는 경향은 있다.

술을 끊었을 때는 잠시 차에 푹 빠졌다. 과거에는 차를 그
다지 좋아하지 않았는데 집 근처에 녹차부터 홍차까지 온
갖 종류의 차를 취급하는 녹차 소믈리에의 가게가 있었기
때문에 자연스럽게 빠져들게 되었다. 그 가게에서 마치 게
임처럼 스무 종류나 되는 홍차를 하나씩 순서대로 전부 맛
보았다. 녹차도 저렴한 것부터 비싼 것까지 모두 마셔보았
다. 그러는 김에 커피 원두에도 손을 댔다. 그라인더도 사고
각종 원두의 맛도 비교해보았다. 하지만 문득 깨달았는데,
나는 역시 커피 같은 건 별로 좋아하지 않는다.

전부 마셔보고 식별하는 것이 재미있어서 단지 그런 설
정의 게임에 빠져 있었던 것 같다. 술을 끊은 뒤에는 그런
데에라도 빠져 있지 않으면 버틸 수 없다.

이 이야기를 하니 생각나는데, 예전에 신세를 진 라디오

방송국 프로듀서 중 메밀국수에 굉장히 정통한 사람이 있었다. 나도 한때 오다와라小田原나 에도가와구江戸川区 히라이平井, 우쓰노미야宇都宮 등 간토関東 인근 현에 있는 여러 메밀국수집에 따라다녔다. 그런데 재미있는 것은 어느 날 한 가게에서 메밀국수를 먹은 뒤 불쑥 "메밀국수란 게, 어떻게 먹어도 그다지 맛있는 건 아니에요"라고 말하는 것이 아닌가. 그게 정말 재미있었다. "어쩌다 보니 연구를 시작해서 여러 가게에 먹으러 다니지만, 메밀국수를 좋아하냐고 묻는다면 딱히 좋아하지도 않고 말이에요"란다.

미식가에게는 그런 면이 있다. 이 가게와 저 가게를 비교하면 메밀 가루의 비율이 다르니까 씹히는 맛이 이렇게 다르고, 저 집은 끊기는 맛은 좋지만 이 점은 별로다 등등 알게 되는 사실도 많지 않은가? 그럼 연구가 재미있어진다. 그러면 이번에는 그 메밀국수집에 먹으러 가보자, 하는 식으로 점점 지식과 경험을 축적해간다. 탐구의 세계다. 하지만 메밀국수를 좋아하냐고 물으면 딱히 그렇지도 않다. 참 알 수 없는 노릇이다.

미식가 중에는 연구가 체질인 사람이 많은 것 같다. 먹보들은 딱히 정보 정리나 분석은 하지 않고 단지 맛있으니까 먹을 뿐이지만, 다양한 가게의 음식을 전부 먹어보고 머릿속에서 사전을 만들려는 사람의 목표는 어디까지나 백과사전의 편찬이지 '맛있고 맛없고'가 아니다.

나도 술을 끊었을 때 홍차와 녹차, 커피를 닥치는 대로 전부 마셔보고 각각의 브랜드에 대한 지식은 얼추 쌓았다. 하지만 차를 좋아하냐고 물으면 딱히 좋아하지도 않을뿐더러, 지금도 평소에는 인스턴트커피를 주로 마신다. 사실 별 차이 없다.(웃음) 물론 따지고 들면 차이가 있겠지만.

미식가가 되는 과정에는 자신의 식별 능력을 탐닉하는 단계가 포함된다. 누구든 음식이나 음료에 주의 깊게 반복적으로 관여하다 보면 식별 능력이 저절로 향상되기 때문이다. 닐기리Nilgiri와 다즐링의 차이는 알지만 어느 쪽이 맛있냐고 물으면 '글쎄, 모르겠는걸' 이런 느낌이다.(웃음) 사실 정답은 없다. 차 맛 자체는 확실히 다르다. 그런 차이를 아는 것은 재미있지만, 어떤 차를 좋아하냐고 묻는다면 딱히 난 립톤이어도 상관없소이다.

알코올중독 예비군들에게 …

술은 이야기와 함께
소비하는 것이 안전하다

미식가들은 술도 이야기와 함께 소비한다.

하지만 당연히 알코올중독자는 그런 이야기와는 별개의 세계에 산다. 음주라는 문화적 영위에서 알코올을 섭취하는 것 외의 의미를 모두 없애는 것이야말로 한 사람의 인간이 알코올중독자로 완성되는 과정이니까.

전에도 이야기했지만 술꾼이었던 시절 나는 술을 과대포장하는 산토리의 문화 교양 이야기가 정말 싫었다. 어쨌거나 도수를 따져가며 바로 가격과 도수로 나눗셈을 시작하는 세상 속에 살고 있었으니까.

그래서 깊은 맛이라거나 목 넘김 같은 이야기를 꺼내는 인간이 술자리에 동석하면, 고지식하게 말로 싸움을 걸곤 했다. 업계 사람을 처음 만나는 술자리에는 그런 이야기를 하는 인간이 항상 섞여 있기 마련이므로 마지막에는 꽤 높은 확률로 험악한 분위기가 되고는 했다. (웃음)

술은 이야기로 소비되는 편이 안전하다.

도수만으로 술을 마시면, 결국 혈관에 흡수만 되면 된다는 결말로 귀결되니까.

내가 만약 회사원이었다면

술을 억제하는 정도의 차이는 그 사람이 일하는 사람인지 아닌지에 따라 다소 달라진다.

술에만 국한된 이야기는 아니지만, 조직 안에 속해 있지 않은 사람의 경우 패션이나 아침 기상 시간 등 많은 부분이 정해진 틀을 벗어나 있지 않은가? 술도 내가 만약 회사원이었다면 다음 날 아침까지 남아서 마실 수는 없으니, 완전한 알코올중독자가 될 때까지의 기간이 10년 정도는 더 걸리지 않았을까? 뭐, 예후를 생각하면 이른 단계에서 바닥을 친 것이 잘된 일일지도 모른다.

자주 있는 패턴인데 40대까지는 "저 사람도 술만 안 마시면 괜찮은 사람인데" 정도로 취급하다가, 50대가 지나면 "저 사람 안 되겠는데"로 바뀐다. 그러다 정년이 가까워지면 "이제 저 사람은 틀렸어"가 되었다가, 정년 후에는 완전히 대낮부터 술독에 빠져 지내는 인생을 맞이한다. 자유로운 인간은 그렇게 되기까지의 사이클이 더 빨라진다.

전철을 타는 것도 꽤 힘겨운 일이다. 숙취가 있으면 탈 수 없으니까. 나도 30대 때 거의 만원 전철을 탈 만한 몸 상태가 아니었다. 아침에는 특히나 더 못 탔다. 그런 데서 토라도 하면 대참사가 벌어질 것 아닌가.(웃음)

어쨌거나 전철 안에서 몇 번 토한 경험이 있는 사람은 금세 출근을 못 하게 된다. "저 사람은 한 달에 두 번 정도 술 때문에 출근도 못 하는 사람이니까"라는 소리를 듣고 "간이 상했대" 같은 소문이 나돌다가 조만간 입원을 한다. 보통 그런 식으로 전개된다.

경계선에 걸쳐 있는 감각

그렇지만 회사원 중에도 알코올중독의 경계에 걸쳐 있는 사람은 많다. 나는 개인적으로 그 경계선에 서 있는 감각을 좋아하는 인간이었다. 뭐랄까, 안도감이 느껴진다기보다는 그 감각을 스스로의 지침으로 삼고 있는 느낌인지도 모른다.

루 리드Lou Reed라는 가수의 노래 중 〈Walk on the Wild Side〉라는 곡이 있다. '인생의 야생 지대를 걷자'라고 노래한 비교적 도발적인 곡인데, 나도 젊었을 때는 야생 지대까지는 아니어도 황폐한 추락 앞에 놓인 경계선을 걷는 편이 긴장감을 가질 수 있다는 허세 섞인 기분으로 살았다. 아마도.

고등학생 시절에는 이미 1학년 때 몇 과목이나 낙제점을 받아 '이제 한 과목만 더 낙제하면 유급'이라는 벼랑 끝에 몰린 설정으로 고등학교 생활을 보냈다. 겨우 졸업은 했지만 그 당시는 편차치를 계산할 수 없을 정도로 성적이 간당간당했다. 그러다 맹렬히 공부해 와세다대학에 합격했는데 대학에 들어가자마자 1학년 때 다시 반 정도는 낙제점을 받았다. 2학년 때도 반 정도 낙제해 정신을 차려보니 3, 4학년 때 등록할 수 있는 한계까지 수업을 들어야 했고, 심지어 전 과목 학점을 취득하지 않으면 4년 안에 졸업은 불가능한 수준에 도달해 있었다.

그래서 성실히 학교에 다니기 시작한 것은 배수의 진에 빠진 3학년 때부터였다.

그런 식으로 '한 과목이라도 학점을 못 따면 유급' 같은 기준이 없으면 스스로 수업에 참여하는 동기를 만들지 못했다. 결국 3, 4학년 때 전 과목 학점을 이수해 4년 안에 겨우 졸업은 했다.

취직 활동도 비슷했다. 10월 1일 전에는 아무것도 하지 않았다. 생각하는 게 귀찮아서 9월 하순에는 야쓰가다케八ヶ岳 산 오두막집에 틀어박혀 있을 정도였다.(웃음)

그래서 술도 회사를 그만두지 않았더라면 근무 시간이 끝날 때까지 마시지 않고 버틸 수 있었을 것 같은 기분이 든다.

콧대가 높아서 마감을 지킨다?

선을 넘으면 이제 끝장이라고 생각되는 라인에서 버티고 서 있는 감각이란, 사실 마감 기한을 코앞에 두고 간당간당하게 글을 쓰기 시작하는 느낌과 비슷하다.

자신의 동기부여를 위해 벼랑 끝을 걷는 동안은 떨어지지 않고 걸을 수 있다. 하지만 평원에서는 어느 쪽을 향해 걸으면 좋을지 알 수 없게 된다. 벼랑 끝이라면 요컨대 끝부분을 걸으면 된다. 그러니까 막다른 곳에 몰리면 더 걷기 쉬워진다.

이 경향은 어렸을 때부터 쭉 이어져왔다. 여름방학 숙제를 방학이 되자마자 시작하는 누나와 마지막 날 전부 해치우는 동생, 이건 타고난 것이다. 우리 누나가 첫날부터 숙제를 시작하길래 '어떻게 저럴 수가 있지?'라고 생각했다. 뭐, 본인의 말로는 숙제가 있으면 마음이 무거우니까 먼저 해치우는 편이 여름방학을 즐겁게 보낼 수 있다고 한다. 눈 깜짝할 사이에 해치워버리면 아무 걱정 없이 여름방학을 보낼 수 있다나. 과연 그렇군, 하고 생각했지만 나는 역시 8월 31일까지 아무것도 하지 않았다. 하지만 8월 20일이 지나면 점점 마음이 무거워지는 것은 어쩔 수 없다.

쓰름매미가 울기 시작하면 기분은 더 착 가라앉는다. 그 맘때쯤 누나가 지적을 한다. "그러게 먼저 해뒀으면 매미가 운다고 심란해지지 않잖아"라나.

계획 짜기를 좋아하는 사람 중에는 우등생이 많고, 여름방학 계획도 보통 표나 그래프로 만들지 않는가? 계획을 지키고 말고는 둘째 치고, 계획 자체를 짜기 좋아하는 사람들이 있다. 작가도 마감을 지키는 사람과 지키지 않는 사람, 완전히 두 종류로 나뉜다. 지키는 사람은 마감을 미루면 상대도 힘들지만 스스로도 괴로우니까 먼저 보내버리는 편이 마음 편하지 않냐는 실로 당연한 말을 한다. 뭐, 그 말이 전적으로 맞긴 하다.

근처에 사는 번역가 선생은 태어나서 지금까지 마감을

알코올중독 예비군들에게 …

늦춘 적이 한 번도 없다고 한다. 미루면 상대가 문제가 아니라 자기가 괴로워서 안 된단다. 남한테 빚을 지기 싫다나.

빚을 지기 싫은 기분은 알 것도 같다. "아아, 그런 근성이 있으니까 마감을 확실히 지키는 거군요", "요컨대, 당신은 콧대가 높은 인간이라서 먼저 보내버리는 거네요"라고 말했지만.(웃음) 다른 사람한테 머리를 숙이는 게 너무 싫어서, 사람이 너무 오만해서 마감을 지키는 거라고 말하자 일리 있다는 대답이 돌아왔다. 아니, 나도 사과하는 건 좋아하지 않는다. 하지만 그런 걸 지나치게 괴로워하지 않는 면도 확실히 있다.

친한 술친구가 있으면
끊기 더 어렵다

결국 나는 동기부여를 외부적이고 강제적인 요인에 의존하고 있는지도 모른다. 그래서 술을 끊을 당시 의사를 통해 금주라는 목표가 주어졌을 때 왠지 모르게 달성할 수 있을 것만 같은 기분이 들었다. 무언가를 끊을 때는 그냥 단순히, 나는 할 수 있다고 믿어야 한다는 이야기인지도 모르지만.

전에도 말한 것처럼 내가 다니던 병원의 의사는 첫 진료 때 "알코올중독 환자는 90퍼센트가 다시 전 상태로 돌아갑니다. 하지만 환자분은 아무래도 인텔리 같으니까 어쩌면 나을 가능성이 있을지도 몰라요"라고 말해주었고, 원래는 치료하지 않는 알코올중독자를 봐주기로 했다. 당시 의사가 말한 '인텔리'라는 단어의 의미는 결국 자신의 인생을 스스로 설계할 수 있는 사람을 말한 것이라 생각한다.

조금 더 구체적으로 말하면 당시 의사는 습관이 아니라, 계획적인 행동을 통해 알코올이 없는 인생을 인공적으로 기획하고 설계하는 능력을 '인텔리'라는 단어로 설명한 것이다.

뭐, 내 경우는 술꾼으로 생활하는 인생이 크게 좋지는 않았으니까 그 인생을 포기할 수 있었다. 하지만 술친구 중에서 굉장히 사이가 좋은 녀석이 있다면 그 생활에서 벗어나기 상당히 힘들 거라 생각한다.

술을 포함해 약물과 커뮤니티가 뿌리 깊게 연결되어 있다면 벗어나기 더 어렵다. 예를 들어, 마약 중독자들은 이사하거나 다른 방도를 취하지 않으면 마약을 끊기 어렵다. 판매상이나 동료가 근처에 있으니까. 살던 곳에서 벗어나 다른 곳으로 옮기지 않으면 끊기 힘들다.

〈트레인스포팅〉이라는 영화의 원작을 읽으면 술과 약을 끊으려다 실패하거나 못 끊어서 자살하는 속수무책인 사람이 여럿 나온다. 이는 동료와 어울려 다니는 것과도 크게 관련이 있다. 동료와 어울린다는 행위 자체가 어쩌면 가장 위험할지도 모른다.

나는 술자리에 가면 아는 사람은 있었지만 다행히 함께 술을 마시러 다니던 술친구는 없었다. 그리고 이 사실은 금주하는 데 도움이 되었다. 그러니까 '익명의 알코올중독자들' 모임과 단주회는 술을 끊은 사람들의 커뮤니티를 만든다는 취지를 바탕으로 하고 있으며, 그건 나름대로 의미 있는 일이라 생각한다. 결국 강제적이든 아니든 술을 끊은 사람들의 커뮤니티가 없다면 금주를 지속하기 어렵다. 커뮤니티에 끌려다니기 쉬운 사람은 술을 마실 때도 끊을 때도 커뮤니티에 의존하기 때문이다.

아즈마 히데오 선생과의 대담 때도 단주회 사람들은 음울할 정도로 농밀하게 교류한다는 이야기를 들었다. 그렇게 학생처럼 착 달라붙어 서로 감시하면서 다 함께 힘을 내는 듯했다.

나는 그다지 고독을 힘겨워하는 타입은 아니라서 단주회나 익명의 알코올중독자들 모임의 힘은 빌리지 않은 채 단독으로 금주를 하고 있다. 아마 고독을 참지 못하는 성격이었다면 칼럼니스트는 할 수 없었을 것이다.

항상 동료들과 시끌벅적하게 지내야만 하는 외로움을 잘 타는 인간이라면 아마 술을 끊기 굉장히 힘들 테다. 혼자 마시는 사람이 혼자 술을 끊는 것보다 훨씬 어려울 것이다.

일이 없으니까 더 술을 마신다

알코올중독의 경계에 서 있는 사람이 담 너머로 넘어올지 말지는, 기본적으로 내장이 얼마나 튼튼한지도 중요하지만 근무처 문제와도 상관있다고 생각한다. 직접적인 계기는 아마 술을 마시고 실수해서 면허가 정지되거나 혹은 직장을 잃는 사건 등일 것이다. 애초에 벼랑 끝 위험한 곳에서 간신히 버티고 서 있었는데 어떤 문제로 인해 직장을 잃은 순간, 그날부터 매일 술을 마시게 되는 것이다.

내가 술을 가장 많이 마셨던 때도 '술을 마시니까 일이 없어지고, 일이 없으니까 술을 마시는' 악순환에 빠졌던 시기였다.

다행인지 불행인지 술을 마셔도 할 수 있는 일이었다. 한 달에 칼럼 다섯 편 정도는 술에 계속 취해 있어도 쓸 수 있지 않은가. 글을 쓸 때만 제정신인 시간을 조금 만들어두면 되니까. 시간을 마련해 글을 쓰고, 다 쓰면 다시 술을 마신다. 그렇게 온종일 술을 마시다가 다음번 작업과 관련된 전화를 받고 분명히 내용을 들었는데 잊어버리기도 하고, 점점 마감을 펑크내거나 미팅을 취소하게 되었다.

사람이 술을 마시는 이유는 파칭코도 그렇겠지만 '달리 할 일이 없으니까'가 의외로 지배적이다.

내 경우는, 금주를 결심한 시점에 일이 완전히 끊이지 않고 그럭저럭 원고 의뢰가 들어와서 정말 다행이었다. 만약 당시 일이 없었다면 할 일이 없어서 금방 다시 술을 마셨을지도 모르겠다.

알코올중독 예비군들에게

알코올을 매개로 손에 넣을 수 있는 것도 분명 있다.

그러나 그것들은 언젠가 휘발된다.

사라지기만 하면 그나마 낫지만, 손안에서 사라지는 것들은 대부분 상실감을 남기고 떠난다.

그래서 그 상실감이 또 술을 마시는 이유가 되기도 한다.

술잔 바닥에는 아무것도 없다.

바닥에 아무것도 없다는 사실이 또 술을 마시는 이유가 되지만, 술을 마시는 이유가 되는 모든 것들은 술을 멀리하기 위한 이유도 된다.

부디 멀쩡한 정신으로 날이 새기를 기다려보기 바란다.

쓸데없는 참견일지도 모르지만.

익명의
알코올중독자들
모임

금주를 시작하고 얼마간, 나는 집에서 도보로 5분 정도 걸리는 곳에서 정기적으로 열리는 'AA' 모임에 참석했다.

먼저 간단히 설명하겠다. AA란 'Alcoholics Anonymous, 알콜릭 어나니머스'의 앞글자를 딴 약칭이다. 직역하면 '익명의 알코올중독자들'이라는 뜻이며, 실태는 알코올중독자의 자주적인 모임이다.

알코올중독자 단체에는 크게 두 종류가 있다. 하나는 19세기 미국에서 탄생해 현재 전 세계에 지부를 둔 AA이며, 나머지 하나는 일반적으로 '단주회斷酒會'라 부르는 일본의 독자적 조직인 전일본단주연맹에 속해 있는 모임이다. 이는 공익재단법인으로 지정되어 있다.

AA나 단주회 모두 일본 전국에 지부를 두고 모임을 개최한다. 그 점에 있어 큰 차이는 없다. 다른 점이라고 하면 AA가 멤버 간의 관계보다 참가자 개개인의 자율적인 행동을 중시하는 반면, 단주회는 더 긴밀하고 강고한 인간관계를 형성하는 경우가 많다는 점이다. 하지만 일본 내에 존재하는 각각의 지부 또는 커뮤니티 안에서의 인간관계나 분위기는 각 지역에 모이는 멤버의 개성에 따라 달라진다. 그런 의미에서 양자의 특징을 이름만 가지고 딱 잘라 구분하기는 어렵다.

내가 처음에 단주회가 아닌 AA를 선택한 이유는 AA 모임 장소가 근처 가톨릭 교회가 운영하는 유치원(방과 후 유치원 교실을 빌리는 형태였다)이었으며, 그 유치원이 내 모교였기 때문이다. 집에서 무척 가까웠다. 처음에는 단주회에도 참여할 생각이었다. 결과적으로 AA에는 통산 열 번 정도 참석했고, 단주회에는 한 번도 가지 않았지만.

AA 모임은 참가자의 본명을 밝히지 않는다. 참가자는 '데이비드', '조니', '마이클' 같은 각자가 생각한 닉네임을 부르게 되어 있다. 이는 개인의 사생활을 보호하기 위해서이기도 하고 상하 관계를 포함한 권력적인 인간관계가 발생하지 않도록 경계하는 의미도 있었겠지만, 현실적인 운영 상의 장점으로는 '고백'의 장애물을 낮추는 효과도 발휘했 던 것 같다. 그런 사정과는 별개로 '마이클'이나 '에릭' 같은 닉네임을 사용함으로써 자신이 처한 상황을 객관시하는 의 미도 있었다.

여하튼 모임에 참석한 멤버는 서로 각자의 경험을 고백 한다. 고백은 꼭 강제적이지는 않다. 자기 이야기는 하지 않 고 남의 이야기에 귀 기울이는 사람도 있다. 나도 내 경험담 을 다른 사람에게 들려주는 경우는 별로 없다. 다만, 참가자 대부분은 어떤 타이밍이 되면 자신의 이야기를 고백하게 될 때가 많다.

내가 느끼기에 AA에 참석하는 사람들은 다른 사람과 의 사소통을 하는 자체보다 어쨌든 자신의 이야기를 누군가가 들어주었으면 하는 욕구가 강한 사람들이다. 실제로 자신의 경험을 이야기하는 행위는 자기 자신의 현 상황을 직시하기 위해 꼭 필요한 과정이기도 하고, 그렇게 함으로써 조금이라도 더 금주를 지속하기 위한 동기부여가 된다면 고백에도 나름대로 의미가 있을 것이다.

다만 이 이야기와는 별개로 어느 나이 지긋한 멤버가 첫 모임 때 알려준 내부의 정설이 있다. 스티브라고 이름을 밝힌 남자의 말에 의하면, AA 모임의 주된 역할은 결국 '시간을 때우는 일'이라고 한다.

"단주회도 마찬가지겠지만 술을 끊은 사람은 어쨌든 시간이 남아돌아 어쩔 줄 몰라 하지요. 그래서 금방 다시 술을 마셔요. 이 모임도 절반 정도는 따분한 나머지 술을 다시 마시는 사고를 방지하는 차원에서 모이는 거니까, 의미 있는 이야기를 듣지 못한다고 해서 너무 실망하지 말아요."

"일단 무턱대고 긴 오후 시간을 어떻게든 보낼 수 있다면 성공이에요. 적어도 여기 와 있는 동안은 술 마시는 걱정을 하지 않아도 되니까요."

"그러니까 그냥 아무 말이나 하고 있으면 돼요. 그렇게 생각하고 느긋하게, 너무 애쓰지 말고 가끔 얼굴이나 내밀어 주세요. 아무런 강제도 의무도 없으니까요."

그렇군. 10년 이상 금주를 실천 중인 사람의 말에는 묵직함이 있었다.

그렇다고는 해도 우리 지역 모임에 참가하는 멤버 대부분은 금주 3년 이내로, 몇 명인가는 여러 번 슬립(술을 다시 마셔버리는 일)의 경험이 있는 사람이었다. 금주 3년 이상인 우량 멤버가 적은 이유를 추리하기는 쉽지 않았다.

모임에 오지 않게 된 사람들이 금주에 성공했다는 확신을 가지고 참석하지 않게 된 것인지 아니면 금주에 실패한 결과 참석할 수 없게 된 것인지, 멤버들의 얼굴만 보고서는 판단할 수 없다. 다만 경험적으로 참석하지 않게 된 멤버는 결국 알코올의 세계로 다시 돌아간 경우가 많다고 한다.

모임에서 들은 고백 중에는 남 일 같지 않거나 공감되는 에피소드도 있었다. 하지만 전체적으로 내가 그들의 고백을 들으며 느낀 점은 타인의 불행과 실패는 어느 것이나 틀에 박혀 보인다는 따분한 사실이었다.

무용담처럼 자신의 실패 경험을 늘어놓는 젊은 멤버가 있는가 하면, 시종일관 어두운 말투로 자신의 과거를 후회하는 초로의 남자도 있었다. 재미있는 이야기도 있고 지겨운 이야기도 있었다.

다만 그 어떤 고백도 기본적으로 딱히 남 앞에서 말하는 데 익숙지 않은 사람들이 하는 이야기였다는 점은 부인할 수 없다. 즉, 누군가가 고백하는 시간은 주로 듣는 사람들에게 부담이 되는 시간이었다.

그중에 신경 쓰이는 멤버가 있었다.

여호수아라는 닉네임을 사용하는 20대 젊은이였다.

모임에서 내가 그를 만난 건 딱 두 번뿐이었는데, 그 두 번 모두 강한 인상을 받았다.

여호수아 군은 어느 국립대학 공학부에 다니는 수재로, 본인의 이야기에 의하면 대학 3학년 때까지는 모든 것이 순조로웠다고 한다.

인생이 틀어진 것은 3학년 골든위크 때 갑자기 연속 음주에 빠진 뒤부터로, 그 후 일시적으로 복학할 때까지 3개월 내내 숙소에서 밖으로 나가지 않고 거의 매일 술에 젖은 생활을 했다고 한다.

"그전에는 술을 안 마셨어요?"

"뭐, 남들만큼은 마셨지만 연속음주발작은 그때가 처음이었어요."

"계기는요?"

"연구에 대한 압박이었던 것 같아요."

"연구?"

"네. 유체역학 세미나에 속해 있었는데 실험이나 리포트 할당량이 꽤 많았어요. 그래서 고마바駒場 기숙사에서 먹고

자는 날이 늘었는데, 자려고 술을 마시다 보니까 스위치가 켜져버린 거죠."

"고마바라니, 혹시 도쿄대예요? 그런데 3학년부터는 혼고 本郷 캠퍼스 아닌가요?"

이 별것 아닌 질문이 그의 마음속에 있는 무언가를 자극한 모양이었다.

"지금 아무것도 모르면서 절 의심하는 건가요? 어느 학부 어떤 연구실이 어디 캠퍼스에 있는지 당신이 다 알아요? 애초에 당신이 고마바와 혼고에 대해 얼마나 아는데요? 당신이 도쿄대 졸업생이에요?"

거침없이 말하는 그의 말투는 그때까지 보여줬던 온화한 말투와는 전혀 달랐다. 표정도 얼굴색도 전혀 다른 사람이었다.

"아니요. 신경에 거슬렸다면 사과할게요. 그보다 의심을 해서 추궁한 게 아니고, 그냥 왠지 도쿄대는 1, 2학년이 고마바고 3, 4학년이 혼고라고 생각해서 물어본 거예요. 미안해요, 기분 나빠 하지 말아요."

"가겠습니다."

그대로 여호수아 군은 교실에서 나가버렸다.

"정곡을 찔렸나 보네요."

우리를 지켜보고 있던 누군가가 말했다.

"아뇨. 교양 과정이 고마바고 세미나가 혼고라는 건 어디까지나 일반적인 경우고, 그런 학교에는 예외도 여럿 있는 것 같은데 제가 쓸데없는 말을 한 모양이에요."

나는 그 정도로 말하면서 일단 여호수아 군의 격한 행동을 감싸주었다.

다음으로 여호수아 군의 얼굴은 본 것은 두 달 뒤였는데, 나도 꽤 오랜만에 AA에 참석한 날이었다.

내 얼굴을 기억하는지 아닌지 그의 태도로는 알 수 없었다.

그날 여호수아 군은 자신이 낸 교통사고 이야기를 들려

주었다. 2년 전에 술에 취해 오토바이를 몰고 가던 중 학원이 끝나고 집에 가던 초등학생을 치고 말았다고 하는데, 그 초등학생이 3미터 정도 날아갔다는 내용이었다.

신경이 쓰였던 것은 그 이야기를 하는 내내 여호수아 군이 흥분 상태였다는 점이다.

'혹시 술을 마시고 왔나?'

처음에는 그렇게 생각했지만 아무래도 술은 아닌 것 같았다. 그 자리에 모인 사람들은 누구든 알코올과 관련해서 특별히 민감한 사람들이었다. 술을 마시고 온 사람을 못 알아차릴 리 없다. 나도 술 냄새는 느끼지 못했다. 술은 아니었다.

하지만 명백히 무언가가 달랐다. 초등학생이 '날아가는' 모습을 반복해서 말할 때의 태도가 역시 심상치 않았다.

"인간이 그렇게 고무공처럼 날아갈 거라고는 생각 못 하셨죠? 그런데 아이는 날아가더라고요. 게다가 제가 시속

60킬로미터 정도로 속도를 냈거든요. 뻥! 하고 무언가가 끌어당기는 것처럼 하늘을 날던데요? 그런데 저도 그대로 달리니까 잠깐 하늘을 나는 초등학생이랑 같이 달렸어요. 슬로모션처럼요. 등속직선운동으로 달렸죠."

"저는 핸들을 놓쳐서 오토바이가 쓰러지지 않도록 버티는 게 고작이었는데, 반 바퀴 정도는 돌았지만 결국 자세를 바로잡았어요. 지금도 어떻게 해서 안 넘어졌는지 신기한데, 아무튼 그대로 달려나갔죠. 대단하지 않나요?"

"아이는……."

"저는 모르죠."

"모르다니…… 구급차 안 불렀어요?"

"네. 그래서 지금도 가끔 생각나요. 그 아이는 어떻게 됐을까, 설마 죽지는 않았겠지 하고 말이에요."

기가 차는 이야기였다.

내용은 물론이거니와 자신이 저지른 뺑소니 사고를 마치

영웅담처럼 늘어놓는 태도가 아무리 봐도 정상이 아니었다.

결국 아무도 질문하지 않게 되었다.

모임 후 집에 돌아가는 길에 전에 몇 번 본 적 있는 스미스라는 닉네임의 중년 남자에게 물어보았다.

"저 여호수아라는 아이, 혹시 각성제 같은 걸 하는 게 아닐까요?"

그때 스미스 씨의 대답이 색달랐다.

"금주 중인 알코올중독자가 약에 손을 대는 경우는 그렇게 드물지 않지만, 여호수아 군 약은 아닌 것 같아요."

"약은 아니다?"

"하하하. 약 없이도 미칠 수 있다는 소리죠."

"그런 게 가능할까요?"

"저는 그렇게 생각해요. 그는 진짜예요."

그 후 여호수아 군의 모습을 본 적은 없다.

소문은 딱 한 번 들었다.

반년 정도 지나 마지막으로 모임에 참석했을 때의 일이다.

그때 나는 처음 AA에 대해 여러모로 친절하게 알려줬던 나이 지긋한 멤버 마틴 씨에게 자주 오지 못해 미안하다고 말하며 몇 명의 근황을 물었다.

"아시는 분 중에서는 스미스 씨와 에릭 씨가 다시 술을 마시기 시작했고, 스미스 씨는 입원 중이에요. 그리고 아실지 모르겠는데 스티브 씨가 다섯 번째 슬립 상태입니다. 2년 만에 다섯 번째를 맞이했죠. 마치 고시엔(일본 고교야구 전국대회-옮긴이) 같죠?"

"여호수아 군은요?"

"그가 신경 쓰이나요?"

"네. 왠지 걱정되어서요."

"아시겠지만 여호수아 군은 뼛속부터 거짓말쟁이예요. 그가 하는 이야기는 고백, 내력, 가족 구성, 학력, 사고, 취직 하나부터 열까지 전부 다 거짓말이지요."

"뭐, 그런 것 같긴 하더라고요."

"저는 그가 정말 알코올중독자인지조차도 의심하고 있어요."

"네?"

"여호수아 군이 이 모임에 다닌 건 자신의 거짓말을 누군가가 들어주었으면 했기 때문이에요. 여기 멤버는 누가 하는 이야기든 참견하지 않고 들어주니까요."

"그렇군요……."

"당신은 언젠가 여호수아 군에게 이상한 질문을 한 적이 있지요? 여기 매너로는 반론이나 논의, 힐문은 되도록이면 하지 않게 되어 있어요. 저는 그때 정말 조마조마했죠."

"그러셨군요……. 그런데 여호수아 군 근황은 모르시나요?"

"모릅니다. 다만 신문 기사를 주의 깊게 보는 것도 좋을지 몰라요."

"무슨 뜻이죠?"

"그런 기분이 들 뿐이에요. 그냥 잊어주세요."

그로부터 3년 정도 지난 어느 여름날, 나는 TV 저녁뉴스 영상을 통해 여호수아 군과 재회했다. 사이타마 현 K 시에서 일어난 살인 미수 사건의 용의자 얼굴 사진을 통해서다.

사진 자체는 아마 고등학교 졸업 앨범을 찍은 것 같았는데, 짧은 머리에 하얀 셔츠를 입은 조금은 앳돼 보이는 흑백 사진이었다. 하지만 해상도가 낮은 화면 속에서도 필요 이상으로 이쪽을 날카롭게 노려보는 시선은 아무리 봐도 그 여호수아 군이었다.

그가 어쩌다가 알코올중독에 빠졌는지는 지금도 알 수 없다.

아니면 마틴 씨가 말한 것처럼 그는 알코올과는 무관한 사람이었을지도 모른다.

그렇다고 해도 여호수아 군은 금주 중인 알코올중독자들

속에 섞여들어 일종의 안도감을 느끼는 타입의 인간이었던 셈으로, 그 사실과 그가 일으킨 범죄의 연관성을 생각하면 조금 께름칙한 기분이 드는 건 사실이다.

그로부터 20년이라는 세월이 흘렀다.

여호수아 군이 살아 있다면 마흔다섯일 것이다.

하지만 아무리 생각해도 이미지가 잘 그려지지 않는다.

나는 그가 살아 있기를 바라는 것일까?

그걸 좀처럼 모르겠다.

나에게도 그렇지만, 여호수아 군 자신을 위해서도 말이다.

알코올중독을 대신하는
새로운 위협

때워야 할 시간이 사라졌다

술을 마시는 인구는 줄고 있다.

젊은 사람들이 별로 마시지 않게 된 것도 하나의 이유다. 알코올중독자의 수도 아마 줄고 있지 않을까 싶다. 다만 이 것은 세상이 좋아졌다는 단순한 이야기가 아니라, 이 나라의 많은 부분이 다양화되었음을 의미한다.

'젊은이들의 ○○ 기피 현상'이라는 태그에 한데 묶이는 것 중 하나로 '술 기피 현상'을 들 수 있다.

확실히 내가 20대였을 때 젊은이들이 휴일을 보내는 선택지는 기껏해야 네 가지 정도밖에 되지 않았다. 술과 마작, 독서, 영화 정도였다. 그러던 것이 지금은 대충 스무 가지 정도로 늘었다. 뭐, 스무 가지라는 숫자를 증명할 수는 없지만 말이다. 어쨌든 시대가 다양화됨에 따라 원래 하던 네 가지 오락을 즐기는 인구는 전부 줄어들었다.

요즘 젊은 사람들은 알코올 의존보다 '커뮤니케이션 의존'이 더 많은 것 같다. 뭐랄까, LINE이나 SNS 등 스마트폰을 경유한 의사소통에 시간과 가처분 소득을 빼앗기고 있는 셈이다.

요즘 20대는 휴대폰 통화료나 인터넷 요금, 각종 회원 수수료 등 온라인 커뮤니케이션과 관련해 매달 2만 엔 정도의 고정비를 지출한다. 이는 우리가 20대였던 시절 1엔도 들지 않았던 돈이다. 물론 돈만의 문제가 아니다. 오히려 별로 생산성도 없는 의사소통에 소비하는 시간과 정신적인 노력이 너무 터무니없지 않나 싶다.

우리 시대에는 집을 나오면 서로 연락할 방법이 없었다. 그래서 불편한 면도 있었지만 연락이 되지 않으니 서로 시간을 때워야 할 일도 없었다. 만나기로 약속했는데 상대가 오지 않으면 그냥 포기했으니까.(웃음) 대여섯 명 정도가 약속하면 꼭 한 명이나 두 명 정도 오지 않는 녀석이 있었다. 그때는 그랬다.

지금은 포기하지 않는다고 할까. "어딘데?" 하고 금세 전화가 걸려온다. 그전에 애당초 그런 조잡한 약속은 잡지 않을지도 모른다. 약속 장소에서 만나기로 하고 서로 끊임없이 연락을 주고받으니까. LINE이라면 한 번에 모든 사람과 연락을 주고받을 수도 있다. 전화 이상으로 서로의 행방을 모두 알 수 있지 않은가? 친구들과 한껏 어울리다 보면 이러니저러니 하는 사이 시간이 많이 흘러, 혼자서 때워야 할 지루한 시간은 사라진다.

그러니까 지금은 젊은 사람들이 찻집에서 반나절 동안 시간을 때워야 하는 상황 자체가 있을 수 없다. 이러면 찻집도 유지해나가기 어렵다.

내가 젊었을 때, 하숙생들의 한가함이란 정말 이루 말할 수 없을 정도였다. 온종일 할 일이 아무것도 없었을 뿐 아니라 말할 상대도 없었으니까. 방학이 되면 집으로 돌아갔지만, 어쨌든 학생들 모두 너무 한가해서 항상 누군가의 하숙집에 떼로 몰려가 술판을 벌이지 않으면 견뎌낼 수 없었다.

이는 정말 강렬한 경험이었다. 그래서 일단은 시간을 때우고 지루함을 달래기 위해 술을 마시거나 마작을 했는데, 그러다 술의 길로 빠져드는 인간이 꽤 됐다.

지금은 반대로 술이나 홀짝거릴 시간이 어디 있느냐고들 한다. 지나칠 정도로 연락을 주고받고 별 의미 없이 '지금 ○○에 있음' 같은 정보를 교환하는 사이, 어느샌가 시간은 흘러 있다. 또 다른 의미에서 정말로 괜찮은 건지 걱정된다.

모두 개 목줄을 하고 있다

젊은 사람의 입장에서 보면 다들 그렇게 하니까 혼자 빠져나올 수 없다는 점도 하나의 이유가 될 것이다. 우리는 이제 인간관계를 새로 구축하는 세대가 아니니까 의사소통에 의존한다 해도 별다른 폐해가 없겠지만, 내가 만약 현재 학생이었다면 나 역시 페이스북이나 트위터에 의존할 수밖에 없었을 것이라 생각한다.

옛날에는 여자친구한테 2주 동안 연락하지 않는 일이 흔히 있었는데, 요즘은 2주 동안 연락하지 않으면 이미 헤어진 사이라 여긴다고 한다.(웃음) 상대가 어지간히 관심이 없지 않는 한 연락은 되니까 말이다.

포스트 스마트폰 시대인 오늘날, 사나흘 연락이 되지 않는 상대에게는 미움을 받고 있다고 생각해도 틀린 말이 아니지 않을까?(웃음)

그렇다면 남녀가 사귀는 것도 조금 거북한 이야기가 될지 모른다. 젊은 사람들 중 연애에 냉담한 태도를 보이는 이

알코올중독을 대신하는 새로운 위협 …

들이 나타나는 현상도 왠지 알 것 같은 기분이 든다. 어차피 2주에 한 번 '잘 지내?' 하고 연락하는 깊지 않은 관계는 오히려 불가능할 테니까. 게다가 휴대폰을 가지고 있는 한 누구나 상대를 속박하는 무기를 손에 넣은 셈이다.

삐삐가 처음 세상에 나왔을 때, 삐삐를 소지하고 있던 자들은 대부분 엘리트라 불리는 사람들이었다. 증권사 직원이나 방송국 사람들, 다음은 야쿠자 정도일까. 하지만 당시 내가 친하게 지내던 방송국 사원은 "이거, 개 목줄 같은 거예요"라고 말했다. 삐삐라는 녀석이 울리면 어디에 있든지 간에 근처 공중전화를 찾아 이쪽에서 먼저 상대에게 전화해야 했으니까. 이는 호루라기 소리에 훈련된 사냥개가 피리 소리를 듣고 사냥감을 향해 달려가는 모습과 완전히 일치한다.

얼마 전 화가 친구가 우에노에 있는 도쿄도미술관에서 현대 미술 전시회의 총괄역을 담당했을 때, 재미있는 일이 있었다. 출품자 중 나이가 서른 정도 되는 젊은 남자가 있었는데, 그 남자는 휴대폰을 가지고 있지 않았다. 휴대폰 같은 건 적어도 자유로운 예술 활동을 하는 인간이 가져서는 안 되는 물건이며, 영혼이 해방된 상태로 그리지 않으면 진정으로 자유로운 작품은 만들어낼 수 없다고 생각하는 사람이었다.

하지만 휴대폰이 없으니 작품을 며칠에 반입할지 연락을 취할 수 없었고, 관계자들은 스케줄이나 일과 관련된 연락을 전부 편지로 주고받았다고 한다. 그래서 "답장이 없는데 편지가 잘 도착한 걸까?"라며 주최 측에서 계속 속을 썩였다는 이야기였다. 요즘 같은 세상에는 휴대폰이 없는 사람이 조직 안에 한 사람 있는 것만으로도 주변 사람들이 꽤 고생한다.

옛날에는 대체로 연락이 잘 되지 않았으니까 많은 일을 비교적 깔끔하게 포기할 수 있었다. 명부를 만들어도 꼭 주

알코올중독을 대신하는 새로운 위협 …

소가 틀린 사람이 있었다. 그러고 보니 내가 책을 처음 쓰기 시작했던 당시는 소설가인 고마쓰 사쿄小松左京가 팩스로 원고를 보낸다는 이야기가 신문기사로 등장하던 시절이었다. '최첨단'이라고 소개하면서 말이다. 팩스로 원고를 주고받으니까 자신은 도쿄에 살 필요가 없다는 이야기를, 으스대며 본인의 원고에 실었다.(웃음)

커뮤니케이션 기업이
세계를 지배한다

커뮤니케이션은 불가역적이므로, 커뮤니케이션이 점점 늘어가는 현상은 상당히 무서운 일이다. 옛날로 돌아갈 수 없으니 말이다.

한번 손에 넣으면 되돌릴 수 없지 않은가?

1986년 암스테르담에서, 전화를 무료로 거는 비합법적 기계 개발자들과 컴퓨터 개조 마니아들이 전 세계에서 한 자리에 모이는 '세계 해커 회의'라는 모임이 개최되었다. 《주간 플레이보이》에서 그 기사의 번역 의뢰를 받아 기억하고 있는데, 그 '세계 해커 회의'는 '해커 선언'이라는 매니페스토를 채택했다. 그 문면文面이 꽤 괜찮은 내용이어서 지금도 기억에 남아 있다.

'그 어떤 것이라도 커뮤니케이션과 관련된 수단 및 도구는 전면적·포괄적으로 무료로 제공되어야 한다'라는 것이 그 내용이다. '전면적·포괄적'이라는 말이 정말 좋지 않은가? 요컨대 인간의 커뮤니케이션을 중개하는 매개체로부터

알코올중독을 대신하는 새로운 위협 …

는 요금을 징수하면 안 된다는 취지의 내용으로, 근거는 커뮤니케이션이 인간의 생존에 꼭 필요한 생명줄life line이기 때문이다.

해커는 원래 전화를 무료로 거는 기술과 방법을 개발하고 그 정보를 교환하는 과정에서 탄생한 사람들로, 그 시점에서는 스티브 잡스를 포함해 반 정도가 범죄자였다. 그리고 컴퓨터라는 기계가 일반 대중에게 보급되기 이전부터 AT&T나 IBM 등 거대 기업과 맞서 싸워왔는데, 그들은 정보산업의 무서움을 잘 알고 있었다. 그렇기 때문에 1986년에 이미 '미래에는 커뮤니케이션의 유통량이 확대됨에 따라, 커뮤니케이션 기업이 세계를 지배할 것이다'라고 예견했다.

실제로 그 후 커뮤니케이션 도구와 플랫폼을 장악한 기업은 21세기 세상을 지배하고 있다. 도구인 컴퓨터 자체를 만드는 기업이 아니라 마치 매춘 업소의 포주처럼 커뮤니케이션을 중개하는 기업이 모든 이익을 독점하고 있는 것이다. 정말 큰일이다.

알코올 의존을 대신할 새로운 위협은, 바로 커뮤니케이션 의존이다.

알코올중독을 대신하는 새로운 위협 …

초조함에 쉽게 노출된다

SNS는 간 같은 신체 부위가 아니라, 젊은 세대의 기본적인 생활 습관이나 세계관 등 인간의 뇌 깊숙한 OS에 해당하는 부분을 좀먹는 기분이 든다. 그리고 그 과정은 아마 알코올이 알코올중독자들의 뇌 안에 알코올 전용 회로를 만드는 과정과 유사할 것이다.

커뮤니케이션은 병에 든 알코올처럼 실체로서는 눈에 보이지 않기 때문에 자신이 의존하고 있다는 사실을 비교적 깨닫기 어려운데, 나는 확실히 의존하고 있음을 느낀다. 컴퓨터나 스마트폰을 집에 두고 나왔을 때 느끼는 초조함은 술에 젖은 생활을 하던 당시 알코올을 섭취하지 못했을 때 느꼈던 초조함과 체감상 매우 흡사하다.

그도 그럴 것이, 이틀 내내 스마트폰이나 컴퓨터를 하지 못하면 실무상의 불편함과는 별개의 차원에서 마치 팬티를 안 입은 것 같은 허전함과 불안감을 느끼지 않는가? 이는 틀림없는 의존이다.

여가를 모두 빼앗긴다

전철 안에서 모든 사람이 스마트폰을 보는 것만 봐도 알수 있듯, 우리는 딱히 이유는 없지만 자투리 시간이 생겼을때 무언가 볼 것이 없으면 안정되지 않는 단계에 도달했다. 옛날에 스마트폰이 없던 시절, 전철 승객 대부분은 창밖 풍경을 바라보거나 혹은 생각에 잠기기도 하면서 30분 정도는 활자나 신문 없이 보낼 수 있었다. 하지만 지금은 여유시간을 모두 그 스마트폰이라는 자그마한 판 모양 기계에 빼앗기고 있다. 곰곰이 생각해보면 정말 무시무시한 일이다.

또 한 가지, 우리가 커뮤니케이션 의존을 쉽게 알아차리기 어려운 이유는 자신이 의존하는 대상이 스마트폰이라는 기계 그 자체가 아니라 기계가 이어주는 남과의 커뮤니케이션이라는 점이다. 스마트폰 화면 속에 보이는 지인이 트위터에 쓴 내용을 들여다보면서, "어라, 히라카와 씨 지금 야마가타에 있네"라는 식으로 우리는 개인의 소식에 의존한다.

알코올중독을 대신하는 새로운 위협 …

뭐 의존이라고는 해도 간을 해치는 것도 아니고, 어느 정도 자신이 의존의 정도를 적절히 컨트롤할 수만 있다면 인생에 큰 지장은 없다고 생각한다. 하지만 어린이들은 큰일이라고 본다.

예를 들어, 전철에 혼자 있을 때 전혀 바깥 경치를 보지 않는다. 경치를 볼 필요가 있느냐고 진지하게 묻는다면 사실 그럴 필요는 없을지도 모른다. 하지만 그런 1, 2분 정도 주어지는 자투리 시간에 스마트폰을 보는 것 말고는 선택이 불가능해진 상황은, 경험상 술꾼이 술에 모든 여가를 빼앗기는 현상과 비슷해 보인다.

술은 몸을 해친다는 문제도 있지만, 사실 일하지 않는 시간 전부를 술에 빼앗긴다는 점이 가장 큰 손해다. 그렇다면 이건 스마트폰도 마찬가지다. 간은 나빠지지 않지만 뇌가 조금씩 병들어간다고 생각하면, 역시 위험하지 않을 수 없다.

무언가에 의존한다는 것

여가니까 어떤 식으로 보내든 개인의 자유가 아닌가 하고 생각하는 사람도 많을 것이다.

하지만 예를 들어 아카바네에서 신주쿠까지 전철을 타고 가는 15분 동안 SNS를 하거나 스마트폰 뉴스만 보고 있으면, 자신의 시간을 전부 정보 수집에 소비하게 되고 결국 개인의 정체성은 위기에 처한다. 왜냐하면 정보 수집을 하는 동안 인간은 머리를 사용하지 않기 때문이다.

그보다 스마트폰을 보는 것은 자발적인 사색을 중단한 상태를 말하며, 외부에 정보를 요구한다는 사실은 자신의 머리로 생각하지 않는다는 것을 의미한다.

내 트위터 통계 분석을 보면 목요일만 극단적으로 글 수가 적다. 원인은 목요일에 원고를 쓰기 때문이다. 원고를 쓸 때는 SNS도 그렇지만 애초부터 인터넷에서 별로 정보 수집을 하지 않기로 정했다. 왜냐하면 정보 수집만 하다 보면 머리 회전이 잘 되지 않아 원고를 쓸 수 없기 때문이다.

알코올중독을 대신하는 새로운 위협 …

게다가 컴퓨터를 통해 수집한 정보로 원고를 쓰면 베꼈다고는 할 수 없지만 요컨대 짜깁기한 형편없는 원고가 된다. 그래서 되도록 내 머릿속으로 생각하고 써야 한다는 의미에서, 원고를 쓸 때는 특히나 더 컴퓨터를 원고 작성으로만 이용하고 인터넷에는 접속하지 않는다.

나는 원고를 써서 먹고 살기 때문에 어쩔 수 없이 정보를 차단하는 시간을 확보하고 있지만, 그렇지 않은 사람이 전원을 끄고 자신의 머리로 생각한다는 것은 의외로 어려운 일일지도 모른다.

사실 칼럼을 쓸 때 나는 자주 책상에서 멀어져 메모를 하는데, 왜 책상에서 멀어지느냐 하면 컴퓨터를 보지 않기 위해서다. "그게 뭐였더라?!" 하면서 검색을 시작하면 검색 결과에 내 정신을 온통 빼앗긴다. 내 머리로 생각하기 위해서는 검색하지 않는 것이 어쨌든 중요하다.

이 이야기는 사실 알코올중독의 형성 과정과도 어느 정

도 일맥상통한다. 어떤 모임에서 다른 사람과 이야기하기 거북할 때 일단 술을 마시고 본다든가 생각하기 귀찮은 사태에 직면했을 때 갑자기 술을 찾는다든가 하는 도피성 음주와, 글을 쓸 소재를 발견하지 못해 인터넷을 전전하는 행위 사이에는 그렇게 큰 차이가 없다.

오래된 술꾼이 매번 비슷하게 만취 상태에 빠지다 보면, 마치 로봇 같이 변한다. 그러면 가공의 인격이 그 사람을 지배하고 그 인격에게 모든 걸 맡기면 되는 상태가 된다. 자신이라는 주체를 버리고 사는 편이 본인으로서도 편하니까 그들은 계속 술을 마신다.

그렇다면 무언가에 의존한다는 것은 자신의 존재 사실로부터 벗어나려는 현상이므로, 도피라는 행위 자체로 보면 스마트폰이나 술이나 비슷비슷하다.

하긴 스마트폰 의존이라는 말을 써가며 스마트폰의 폐해에 대해 설명하면 "아, 또 꼰대가 나타났다!"라고 생각할 게

알코올중독을 대신하는 새로운 위협 …

———

뻔하겠지만. 하지만 이건 스마트폰의 문제가 아니라 커뮤니
케이션의 문제다.

나와 알코올의 관계는 여러 측면에서 봤을 때 그다지 행복하지 않았다. 그래서 솔직히 말하면 술과 인연이 끊겨 감사하다.

다만 일찍이 내 생활 속에 존재하던 무언가가 영원히 나와 무관해졌다는 느낌은 금주한 지 20년이 지났지만 아직 사라지지 않고 있다.

아직도 '방 네 개가 두 개로 줄어든' 느낌을 마음 한구석에 품고 있다는 이야기다. 하지만 귀찮은 것들을 쓰지 않는 두 개의 방에 모두 밀어 넣고, 잘 정돈된 나머지 두 개의 방에서 보내는 생활도 어쨌든 쾌적하긴 하다. 그래서 굳게 닫힌 두 개의 방은 원래부터 없던 것으로 생각하기로 했다. '잃은 것에 대해 깊이 생각하지 않는다.' 바로 이것이 내가 알코올로부터 되도록 온당하게 벗어날 수 있었던 비결이다.

'술이란 무엇인가' 같은 주제에 관해 생각하는 것 자체가, 나에게는 술에 연연한다는 사실을 알려주는 하나의 지표이기도 했다. 그러므로 금주한 지 20년이 지나 책을 쓸 마음이 생긴 건 술에 관한 성가신 생각들로부터 겨우 거리를 둘 수 있게 되었기 때문이다.

사실 10년 정도 전에 같은 주제로 책을 써보지 않겠냐고 제안을 받은 적이 있다. 처음에는 해보려고 했는데, 작업을 시작해보니 도저히 쓸 마음이 들지 않는다는 사실을 깨달았다. 아마 생각하기 싫었던 모양이다. 음주 자체도, 술을 마셨던 당시의 기억들도, 술을 마셨을 때 저질렀던 실수도 포함해 전부 기억하기 싫었던 것 같다.

지금은 어두운 방 안에 욱여넣었던 것들을 다시 파내는 작업이 그렇게 싫지만은 않다. 내 안에서 아직 확실히 정리된 것은 아니지만 이 책을 씀으로써 정리가 되었으면 하는 바람이다. 뭐, 중요할수록 일부러 생각하지 않는 것이 변하지 않는 내 오랜 성향이기는 하다.

《오다지마 다카시 칼럼의 길》에 등장한 '칼럼이란 무엇인가'라는 질문은 내 안에 애초부터 존재하지 않았던 질문이자 생각이었다. 그 칼럼을 쓰면서 처음으로 생각한 과제였다. 하지만 그렇게 생각할 기회가 생겼고, 스스로 생각해본 경험은 결과적으로 매우 의미가 있었다.

하긴, 결과적으로 글을 썼다는 사실은 애초에 그에 관한 소재가 머릿속에 잠재되어 있었다는 뜻으로 즉, 스스로 의식하지는 못해도 일상적으로 원고를 쓰면서 이미 칼럼에 대해 생각하고 있었다고도 볼 수 있다.

문장을 만들어내는 작업은 자신의 머리와 가슴 깊은 곳에 잠들어 있던 생각을 언어의 형태로 끄집어내는 과정이므로, 그렇게 생각하면 이미 아이디어는 글을 쓰는 작업에 앞서 내부적으로 발효되고 있었다고 볼 수 있다. 표면으로 드러내는 작업을 하지 않고 있을 뿐. 이 사실은 위의 책을 쓰면서 많이 느꼈다.

그런 의미에서 완성된 책을 읽고 가장 공부가 된 것은 항

고백을 마치며 ⋯

상 내 자신이었다. 이 책도 부디 그런 역할을 해주었으면 좋겠다.

오다지마 다카시

딱 한 잔만 더 하고 갈까요

초판 1쇄 인쇄 2019년 7월 23일
초판 1쇄 발행 2019년 8월 6일

지은이 오다지마 다카시
옮긴이 최정주
펴낸이 김문식 최민석
기획편집 이수민 김현진 박예나
　　　　　김소정 윤예솔
디자인 엄혜리
제작 제이오

펴낸곳 (주)해피북스투유
출판등록 2016년 12월 12일 제2016-000343호
주소 서울시 성북구 종암로 63, 4층 402호(종암동)
전화 02)336-1203
팩스 02)336-1209